Exquises
Alcôves

Exquises Alcôves

nouvelles

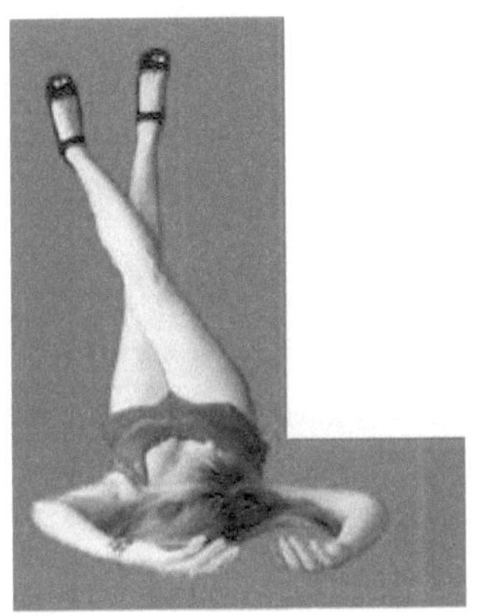

Ève Winter

REGENT PRESS
Berkeley, California

[paperback]
ISBN 13: 978-1-58790-462-2
ISBN 10: 1-58790-462-4

[e-book]
ISBN 13: 978-1-58790-463-9
ISBN 10: 1-58790-463-2

Library of Congress Control Number: 2018959899

Manufactured in the U.S.A.
REGENT PRESS
Berkeley, California
www.regentpress.net

Vaudeville Puissance 3

2020 Miya et Adam

Le Fumoir, Paris 7ème

Théo + Paolo = 66

Quatre-Vingts

3 Petites Lettres

Vaudeville Puissance 3

Il était Russe. Elle l'avait rencontré lors d'une soirée pour fêter Halloween. Elle portait, une robe très courte imprimée de roses noires sur fond crème, fendue sur la cuisse gauche dévoilant ainsi la jambe dans presque son intégralité; des collants noirs à la texture extrêmement fine qui soulignaient la peau; des chaussures chinoises brodées et plates qui s'avéraient inattendues, effet voulu; de longs gants noirs tout en résille qui laissaient voir la laque rouge de ses ongles-amandes.

Son visage avait été maquillé avec le plus grand soin, à l'asiatique, grâce aux tricheries de l'eye-liner. Peau très blanche, bouche très rouge, yeux charbonneux et étirés à l'extrême, ses cheveux châtain foncé aux reflets auburn lui coulaient sur les reins.

Elle dansait avec un plaisir intense imprimant à son corps des mouvements à la fois saccadés et langoureux presque comme un tango solitaire. Dansait à s'étourdir mais soudain soif intense.

Un, puis deux verres d'eau fraîche la comblèrent, et alors qu'elle s'apprêtait à saisir de ses doigts sertis de résille, un petit biscuit salé dans un joli bol bleu, une main masculine et soignée vint rejoindre la sienne dans le même but mais en effleurant volontairement son majeur. Elle leva les yeux et aperçut alors le regard bleu marine, les cheveux châtain très clair tirés en arrière et une virilité irradiante. Il lui sourit et se présenta. Il avait un fort accent slave ce qui donnait à l'anglais une mélodie sensuelle. Après avoir pris connaissance de son prénom à elle, il s'en fut lui quérir une flûte de champagne. Elle le regardait. Il était grand, très grand, massif, vêtu d'un costume grège et d'une chemise blanche tout en contraste avec les tenues bariolées, débridées et voyantes qu'implique l'Halloween.

Il lui plaisait immensément, surtout les yeux à la couleur si particulière, jamais vu. Il revint avec un verre du précieux liquide pétillant et ambré, le lui tendit et lui sourit tout en buvant et la fixant... Pas un mot juste un regard. Si fort, si absolu de sens qu'elle s'enfuit danser.

Il la rejoignit pas pour danser non, juste pour la regarder. Il s'approcha au plus près, toujours immobile et les yeux sur elle, malgré la musique entraînante. Il voulait qu'elle le remarque. Il avait des yeux inquisiteurs et elle se sentit nue. Elle happa alors sa main et en fit son partenaire pour danser. D'abord maladroit, il se laissa peu à peu gagner par le rythme, non pas celui de la musique mais celui de son corps à elle qui maîtrisait si bien l'art de la danse. Ce fut leur premier acte d'amour.

Il arriva chez elle, une bouteille de vodka à la main, un sourire aux lèvres, de la malice au bord des yeux. Malice-plaisir de la revoir. Il lui fit savoir combien il appréciait le calme. Calme de son décor, calme de ses mots, calme de sa mise du soir. Alma n'aimait pas les objets, la profusion, le bigarré. Elle aimait la douceur à l'œil comme à la peau, aux mots comme aux actes.

Il n'y avait dans l'espace où ils se trouvaient qu'un miroir, un grand lit, un bonsaï délicatement posé sur une table basse et un feu de cheminée. Drei était à la fois tout en force et en légéreté.

Ils se parlèrent peu, se regardèrent beaucoup et après avoir dévoré un grand plat de spaghettis sauce tomate, bu quelques verres de vodka, Drei et Alma firent l'amour, firent l'amour, firent l'amour, firent l'amour, firent l'amour, firent l'amour.

Il l'avait appelée tout doucement en tapotant le lit lui intimant de venir près de lui. Il l'avait embrassée longtemps et ses lèvres s'étaient perdues sur les seins. Soudain elle sentit en elle son sexe si puissant, si vivant, elle en éprouva un plaisir vif, inattendu, presque à la lisière de la douleur. Il bougeait en elle lentement, s'appliquant à caresser tout son intérieur de son membre doux et volontaire.

Rarement un homme lui avait fait l'amour ainsi, de façon si directe, si absolue. Aucune volonté ne se faisait sentir, c'était à l'égal de la danse qui les avait liés. Les corps s'exprimaient. Alma était un être sophistiqué or ce qu'elle vivait tenait de l'animal, de l'instinct. C'était comme si leurs corps avaient tout décidé sans eux. Ils n'avaient besoin de rien pour savoir quoi faire. Et ils ne cessaient ce mouvement continu, régulier ponctué de soupirs.

Le temps disparut. Il n'existait que cette danse

parfaite. Drei semblait infatigable. Il lui avoua qu'il ne pouvait sortir d'elle, il y était trop bien. Tel un derviche tourneur qui ne cesse de tournoyer que lorsqu'il s'est approché du divin, Drei la comblait encore et toujours de son sexe qu'elle n'avait pas vu.

Il lui murmura alors des récits en russe, les mots se mêlèrent au plaisir, l'exaltèrent et Alma jouit si intensément, si incroyablement qu'elle n'était plus qu'onde d'extase. C'était la première fois.

La première fois qu'elle avait eu du plaisir juste en étant pénétrée. Très peu de caresses, très peu de baisers, juste deux sexes.

Ils prirent conscience que le jour s'était levé et par là même qu'ils avaient fait l'amour toute la nuit durant.

Il était Brésilien. La faisait rire. Toujours, pour des riens. Parce qu'il était maladroit. Parce qu'il était intimidé.

Elle avait découvert la caïpirinha, la samba, la feijoada et l'art de l'amour à la brésilienne. Les soirées pleines d'amis, de danses, de rires, de joies.

Dommage il n'avait pas d'accent ayant vécu aux États-Unis depuis l'adolescence. Mais quand il lui parlait en sa langue natale, quelle ode pour l'ouïe!

Ce soir-là il lui parlait avec le plus grand sérieux dans ce petit restaurant mexicain et soudain un fantastique fou rire la prit. Mateo portait des lunettes serties d'écaille qui rendaient son regard bleu ciel plus dur, plus soutenu, or Alma nota que seul un verre demeurait, l'autre avait disparu. Et Mateo de continuer posément sa démonstration à propos d'exploits sportifs sans avoir perçu quoi que ce soit. Ils se mirent en quête du verre de lunettes manquant qui avait malencontreusement échoué dans son assiettée de tacos. Ils rirent encore et encore lorsque soudain Mateo émit un son guttural. Un bout de légume quelconque lui obstruant la gorge. Une fois l'inquiétude envolée, il ne restait plus que les rires pour chasser la fâcheuse aventure.

Lorsque l'on oubliait toutes les mésaventures qui pouvaient arriver à Mateo, c'était un amant attentif et appliqué qui se révélait. Il apprenait le français avec Alma mais sa main s'était égarée sur la table pour entrer en contact avec celle de sa professeure. Il s'excusa. Ils reprirent la leçon.

Un autre jour ses lèvres entrèrent en contact avec celles de sa professeure. Il s'excusa. Ils reprirent la leçon.

Une autre fois sa main déboutonna le chemisier de sa professeure. Il s'excusa. Mais ils ne reprirent pas la leçon. Les seins d'Alma emprisonnés ce jour-là dans un soutien-gorge orangé à la fine dentelle indiscrète avaient provoqué une excitation si violente qu'il perdit tout contrôle, la déposa sur le lit, la déhabilla peu à peu avec toujours cette excitation marquée, embrassa chaque centimètre carré de sa peau et caressa son sexe avec une extrême dextérité. Mateo était guitariste, y voir là une corrélation avec sa maîtrise de l'accord, de la gamme et de l'arpège pouvait s'envisager tant la jouissance fut exquise. Il enfonça ses doigts en elle et les remplaça par son sexe tout plein de désir. Cela décupla la jouissance d'Alma qui contrairement à Mateo, n'était guère bruyante lors du paroxysme.

Il adorait que dans le profond canapé jaune, elle écarte ses cuisses afin qu'il puisse se régaler du spectacle éclairé du clair de lune émanant des puits de lumière de la toiture. Il la caressait longuement laissant sourdre le précieux onguent dont il se régalait. Il lui dit qu'il aimait infiniment son goût. Agenouillé devant elle, elle enfouissait sa main dans ses cheveux et guidait de la sorte la pression et l'intensité des caresses.

Alma goûtait ensuite à la saveur de son sexe lorsqu'il l'embrassait à pleine bouche avant qu'à son tour elle goûta son parfum intime. Ils passaient de longs moments ainsi à donner à l'autre le plus de plaisir possible.

Pour épicer la leçon de français sur la gastronomie française, Alma cette fois-là ne portait pas de culotte. Ils décidèrent d'un jeu de rôle, il serait un client au restaurant, elle serait la serveuse.

Mateo toujours empressé de bien faire, prit tout cela très au sérieux ne se doutant nullement qu'il manquait une pièce de vêtement essentiel à son interlocutrice. Il s'appliquait à formuler des phrases grammaticalement correctes et fort bien prononcées si bien ancré dans son rôle que d'un geste intempestif il jeta ses notes au sol. Se penchant pour les ramasser il découvrit ce à quoi il s'attendait le moins du monde. Et goûta l'impudence. La leçon de gastronomie se poursuivit en alcôve où sans même se dévêtir il la prit tout debout face au miroir.

Alma le remarqua alors, mais qu'avait-il donc fait à ses cheveux? Non pas ça, ce n'est pas possible! Un balayage de mèches blondes se perdait dans la chevelure aux tonalités châtain...

Alma, tu aimes les cheveux clairs non? Je l'ai fait pour toi. Pour te plaire.

Tendre Mateo.

Il était Américain. Elle l'avait rencontré au musée. Peintre avait-il dit. Il la convia à un thé petits gâteaux sur le patio ensoleillé qu'offrait à ses visiteurs ce musée perché sur une colline qui surplomblait la mer, et duquel on admirait la vue grandiose sur le Golden Gate et ses environs.

Ils échangèrent ce jour-là beaucoup de commentaires sur la peinture, la sculpture, les peintres et l'art en général. Alma aimait la fluidité de leur conversation. Petit match de ping-pong avec peu de balles à terre. Ils étaient intarissables sur le sujet.

Wald avec son sourire étincelle, ses yeux azur, ses cheveux très blonds qui accrochaient le soleil et ses mots ciselés commençait à s'incruster dans la pupille d'Alma.

Elle ne résisterait pas longtemps à la couleur bleue du regard et aux discours sur un point qui la passionnait, l'art dans sa complexe et complète expression. Wald le nota mais n'avança aucun pion lors de la partie d'échecs séduction qui se déroulait.

Juste avant de se séparer pour rentrer chacun chez soi, Alma se lança donc et le convia à l'exposition sur Matisse qui aurait lieu prochainement.

Elle était nue, dans le jardin. Un plaid en patchwork

avait été déployé sur l'herbe et elle s'y lovait. Alma ressentit pour la première fois la caresse du soleil sur ses seins, sur ses fesses, entre ses cuisses. Le long palmier qui ornait le centre du jardin ne dispensait aucun ombrage et la peau blanche se régalait de soleil. Une brise frisson accompagnait la main de Phébus.

Wald s'était installé à quelques mètres d'elle et il avait rétréci son regard. Il lui indiqua alors exactement quelle pose prendre.

Il la voulait lascive, un bras glissé sous sa nuque et ses cheveux épars. Les seins pleins et ronds d'Alma se firent vedettes. Ils étaient centre d'attention. Wald s'approcha, rectifia la pose et se faisant ne put s'empêcher de pincer un téton, puis l'autre. Satisfait, il prit alors son matériel de peintre et fit aller ses yeux d'Alma à la toile, de la toile à Alma. Il s'approcha encore et vint faire mousser la toison aux reflets auburn de son modèle, ce qui surprit Alma. Qu'il était donc tâtillon. Mais à cette pensée s'était mêlée une pointe de désir car le frôlement des doigts de Wald sur cette partie intime, être nue dehors, être sous le regard de cet homme qu'elle connaissait depuis peu avaient titillé sa libido.

Elle en conclut que l'attitude de Wald n'avait pas qu'une connotation artistique. Il avait sa façon à lui de préparer l'acte d'amour. Mais Alma était bien de loin de s'attendre à ce qu'elle allait vivre. Elle tâchait de deviner quelle partie de son corps il peignait. Mélangeait-il un vieux rose avec un ivoire? Pour ses tétons?

Cherchait-il la tonalité exacte des reflets de son

intimité?

C'était la première fois qu'elle posait pour un peintre. Elle laissa sa pensée vagabonder toujours comblée par l'inédit de la situation. Et seul le pinceau de Wald faisait entendre un petit chuintement lorsqu'il entrait en contact avec la toile.

Alma était dans un demi-sommeil lorsqu'elle sentit la main élégante de Wald sur sa cuisse. Imperceptiblement il écartait peu à peu ses jambes. Il lui demanda de changer de position. Alma se sentit un peu moins à l'aise mais elle se dit que tout cela était de l'art. Alors elle se laissa faire. Elle offrait désormais au regard de Wald, au ciel, aux nuages et au soleil, la partie la plus cachée d'elle-même. Cependant tandis que Wald lui intimait de ne pas bouger, elle nota qu'il entrait dans la maison. La gagna alors un désir intense. Elle se demandait ce qu'il était allé chercher.

Wald revint et lui demanda de garder les yeux fermés. Elle avait toujours son bras placé sous sa nuque, ce qui donnait une impression de quiétude et de bien être mais en elle une question lancinante pointait. Soudain elle ressentit sur tous les plis et replis de son centre les doigts de Wald enduits d'un onguent visqueux. Il la pommada ainsi sur un mode non pas sensuel mais professionnel. Ses doigts allaient et venaient sur tous les creux, les pleins et les déliés si lentement et avec une méticulosité appliquée. Les doigts s'enfonçaient aussi où se présentait un relief vallée, où se présentait un orifice glorieux. Alma gémit, mais Wald continuait son travail d'artiste. Sous la lumière la peau rose pourpre prit une illumination particulière grâce au brillant appliqué du bout des doigts. Lorsque le rendu parut pleinement satisfaisant au peintre, il abandonna Alma pour revenir à ses pinceaux. Alma avait ce feu en son ventre qui se propageait moquant son impuissance à le maîtriser. Elle avait envie de supplier Wald de cesser la frustration, mais il peignait.

Il ne lui fit pas l'amour cet après-midi-là.

Dimanche 16 octobre, dix heures du matin, Wald était chez elle dans son lit japonais, dans son alcôve toute simple à la nudité choisie.

Ils avaient fait l'amour, doucement, sans arabesque, sans pulsion vive. La pose de la veille avait aidé aux belles images qui précèdent l'amour en le rendant plus vibrant. Ils se réveillaient tout juste.

Dimanche 16 octobre, dix heures du matin, près du lit japonais, son téléphone sonna et c'était... Drei, il voulait la voir là tout de suite, il allait mal sans elle. Elle lui manquait.

Dimanche 16 octobre, dix heures du matin, la sonnette de la porte d'entrée retentit et c'était... Mateo. Elle entrebâilla la porte, un parasol jaune vif à la main, il voulait aller faire une promenade à la plage, en cette journée d'été indien cela s'imposait.

Wald venait juste de la demander en mariage.

2020 Miya et Adam

Miya débutait. Dans LE projet. Son esprit vagabondait. Son talon gauche, s'étant malencontreusement coincé entre deux pavés, elle y vit un signe, suivi d'une forte détermination. Non, elle ne se laisserait pas entraver et oui, elle relèverait le défi. Elle se sortirait d'affaires malgré la tâche colossale et tout à fait novatrice. Frisquet aujourd'hui ; elle rabattit le col de son manteau blanc sur sa gorge et elle accéléra le pas. Six mois, on lui avait donné six mois. Un Paris de février, tout laiteux, tout grincheux. Elle venait tout juste de sortir du C.R.S.A. grand bâtiment cubique tellement banal d'extérieur qu'il était difficile de s'imaginer l'avant-gardisme qu'il recélait à l'intérieur. Un bouillonnement de créativité y régnait avec un objectif final des plus prometteurs. Miya avait été engagée à la préparation DU projet grâce à ses magnifiques yeux bleus, sa chevelure d'exception et sa voix des plus troublantes; fraîche, juste et envoûtante. C'était vraiment la première fois que son physique et sa voix l'emportaient sur son cerveau scientifique. C'était plutôt à ce dernier que l'on s'intéressait d'habitude. Aujourd'hui, elle devait faire preuve d'organisation, car toutes les informations à réunir ne devaient pas s'éparpiller, se mêler, rendre un conglomérat difficile à exploiter. Miya avait déjà pensé à ce qu'elle pourrait confier à l'intelligence artificielle, ce qui lui ferait gagner un temps précieux. C'est d'ailleurs cet atout majeur qui avait ramené le temps d'exécution à six mois. Cependant Miya devait «expérimenter» puisqu'il fallait une touche de sensibilité que seul l'humain pouvait décliner en l'état des connaissances actuelles. De plus, les concepteurs, les Prim'cepts comme on les appelait au C.R.S.A. voulaient aller à contre-courant et faire entrer le passé dans LA création. Une jaguar blanche sans conducteur s'arrêta près d'elle afin de l'amener à sa première destination. Rue du Cherche-Midi chez Cléo de Montchambord courtisane à l'époque, plus prosaïquement appelée call-girl désormais. Rendez-vous à 13h30 précises, emploi du temps minuté avait prévenu Mademoiselle Cléo. Miya remarqua tous les détails alambiqués de la grille qui protégeait l'immeuble très cossu. Interphone–ascenseur–double porte en bois précieux, légèrement sculptée. Un heurtoir, original et décoratif, en l'occurrence un ananas doré, trônait au centre d'une des portes. Après quelques hésitations, Miya s'en empara et frappa deux petits coups secs. Un instant elle crut voir Elizabeth Taylor en Cléopâtre dans celle qui lui ouvrit. Longue chevelure noire jusqu'à la taille, yeux verts peints façon reine d'Égypte. Le flacon d'eye-liner devait lui durer une semaine pensa Miya tandis qu'elle fut priée d'entrer. Une petite horloge sonna la demi-heure. Mademoiselle Cléo lui sourit. Elle appréciait sa ponctualité. Elle la mena dans un salon, d'apparat fut le mot qui vint à l'esprit de Miya. Les Prim'cepts vont être ravis. On remontait le temps, aucun mauvais goût alentour, et surtout aucune allégorie pour surligner la profession de la jeune dame. Œuvres d'art sophistiquées et décor doux et hétéroclite; paravent japonais en feuilles d'or, fontaine nénuphar et divan Récamier rose fané. La robe rouge en organdi virevolta et prit place dans un somptueux fauteuil en cuir blanc, des effluves ode de joie olfactive titillèrent les narines de Miya. Mademoiselle Cléo sentait diablement bon. Eh bien pour un début de mission, c'était plutôt bien loin de son quotidien, pensa Miya.

Il était convenu que Miya ne devait absolument pas user de tous les palliatifs aidant à la mémorisation -magnétophone, notes, photos etc.

-Seuls ton instinct, tes moments vécus, tes impressions, tes ressentis sont à privilégier. Je veux de l'humain, tu m'entends Miya de l'humain, pas du récapitulatif copié collé. C'est bien compris Miya, tu es femme jusqu'au bout de la moindre de tes cellules. Tu t'imprègnes jusqu'à en devenir l'autre qui te fait face.

Voilà pourquoi Mia débutait. Plus aucun instrument, juste du feeling, et avec un esprit scientifique, ce n'était pas gagné.

Alors Miya s'imprégnait du visuel, des fragrances, des vibrations et des confessions émanant de la call-girl. Il fallait qu'elle se mette pleinement dans la peau de son interlocutrice tout comme le voulait le directeur DU projet.

Cléo lui parlait de :

Effleurer la lune au fond du lac

Cueillir la dernière feuille d'automne

Sentir la brise sur la colline

Enjoliver la nacre du coquillage

Rendre le souffle diaphane

Tamiser la montagne mauve

Elle lui lisait ainsi les premières pages du petit carnet rouge qu'elle tenait entre ses mains. Petit carnet ayant appartenu à son arrière-grand-mère, courtisane à son époque, dans lequel était inscrit tout cela. Férue de poésie, elle avait créé les métaphores les plus enchanteresses qui soient. Pour l'action. Tout y était décrit avec le plus grand soin. La courtisane établissait avec l'admirateur le programme adapté à l'image poétique. Le mah jong faisant fureur en ces temps-là, elle s'en était inspirée pour rendre doucereux le choix de tout acte sexuel, déclara Cléo. Aussi fit-elle encore remarquer, après chaque composition il y avait un tarif.

Miya n'eut aucune difficulté à tout mémoriser. Elle avait, malgré son esprit rationnel de scientifique de haut niveau, un côté fleur bleue que son amour de la nature nourrissait. Et un autre côté plus intime, celui du vécu des jeux de l'amour qu'Adam son homme chéri lui prodiguait avec adresse et hardiesse. Elle fut, par ailleurs très sensible au fait que Cléo faisait ainsi revivre son aïeule. Elle était aussi persuadée que l'appartement si richement décoré et agencé de si belle manière lui venait également de cette arrière-grand-mère inspiratrice. Toutes ces femmes de début de siècle n'avaient aucun doute quant à la valeur de leurs actes. Elles étaient immensément convoitées, immensément désirables, immensément admirées et immensément riches. La vie de l'être humain a ceci de grandiose, elle peut revêtir tout ce que l'imagination peut créer et bien plus encore. Et après tout, à qui a-t-on à rendre de comptes si ce n'est à soi-même. Miya en était là de ses pensées, lorsqu'elle se souvint qu'Alex ne tolérait aucune sensibilité et elle revint illico à la réalité.

Elle resta plusieurs heures avec Cléo de Monchambord afin d'en devenir cette dernière, jusqu'au point de se sentir Cléo, de la fondre en elle.

Le froid de la rue la saisit. Elle frissonna et jeta un dernier regard sur la porte de l'immeuble. Alex son directeur sera satisfait pensa-t-elle en pressant le pas. Les arbres chétifs et langoureux semblaient la narguer devant la tâche qu'elle devait accomplir, il lui restait à transmettre à son ordinateur élaboré la récolte des fruits de sa première mission.

Rentrée chez elle, elle s'aperçut qu'Adam lui avait concocté son cocktail préféré. il passa une main furtive dans ses cheveux et déposa un doux baiser sur son épaule. Miya lui sourit. Il était d'une grande beauté. Ses traits étaient virils, réguliers, si parfaits. Elle ne se lassait pas de l'admirer. Il avait une approche féline, si bien qu'elle ne pouvait déceler sa présence avant qu'il ne la touche. Et combien ses caresses étaient émouvantes. Rendues encore plus intenses par l'inattendu. Adam lui offrit le plus merveilleux baiser qui soit, subtil, mâle et si sensuel. La langue d'Adam était douce, si douce. La peau d'Adam conférait au toucher de Miya une incroyable sensation de plaisir. Ses cheveux mi-longs avec un léger parfum étaient souples et brillants. Elle ne pouvait croire à une telle perfection chez un homme. La beauté. Cette chose incroyable qui nous aimante. La beauté. Tout art s'y soumet. Le nombre d'or, la symétrie, la proportion, l'harmonie. Tout ce que l'homme ne pouvait être, du moins infiniment rarement. L'art synthétise tout ce qui fait défaut à l'être humain : l'immortalité, la beauté suprême et l'infini. Elle lui murmura, je t'aime Adam.

Le plus difficile pour commencer chaque journée, sortir des bras d'Adam.

Ses baisers commençaient par la nuque, là où Miya faisait preuve d'une sensibilité plus qu'extrême. Chaque matin, il la réveillait ainsi avec une douceur infinie. Oubliées les alarmes crissantes du portable. Puis il voulait toujours aller plus avant, s'attardant sur la peau et il la faisait doucement gémir d'aise et de plaisir. Miya brisa son élan et tout en lui caressant les cheveux elle lui fit comprendre qu'hélas elle devait commencer sa journée qui s'avérait être très prenante. Adam lui assura qu'il l'attendrait de pied ferme en soirée afin d'achever son œuvre d'art destinée à l'exultation de tous ses sens. Comme cela était joliment exprimé! Miya aux oreilles toute charmées le gratifia d'un tendre baiser et s'apprêta pour commencer sa journée.

Paris gris et ambiance pressée alentours. Aujourd'hui

rendez-vous à 10h avec Bella pour un brunch au Café Rouge dans le huitième arrondissement. Bella porte délicieusement bien son prénom. De plus, elle est d'une élégance à couper le souffle; pantalon en cuir bleu océan, et petit top en soie vert pomme, escarpins bleus à talons aiguille et veste imitation fourrure genre pelage de Bambi soulignée d'un sac Prada. Cependant lorsque Bella s'adresse à Miya pour les conventions d'usage lors d'une première rencontre, celle-ci trouve la voix de Bella quelque peu éraillée, telle une voix de fumeuse. Cela la perturba, il y avait là comme une fausse note. Malgré tout, elle dut s'y faire car Bella avait beaucoup à raconter. Elle décrivit à Miya toutes ses expériences professionnelles et surtout les plus extraordinaires. Elle se plongeait dans tous ces fantasmes masculins qui lui avaient été donné de vivre et les insuffla à Miya qui les classa dans sa mémoire. Bella, escorte depuis cinq ans prendra sa retraite bientôt, alors la narration en témoignages représentait pour elle comme un bouclage de film ou une fin d'autobiographie.

Aucun jugement. Aucun préjugé. Aucune affliction. Aucune excitation, juste de l'imprégnation lui avait encore spécifié Alex son directeur. Miya s'exécuta engrangeant toutes les histoires les plus personnelles de Bella sans sourciller ni à l'intérieur, ni à l'extérieur. Après Bella il y eut Ava, Magda et enfin Lyanne toutes escortes de haut vol aux panoplies d'expériences variées et inédites narrées avec naturel et clarté.

De fait, l'esprit super scientifique de Miya était un allié. Il lui permettait de décomposer la réalité, de la dématérialiser, de la rendre atome pour en recréer un tout. Elle développa également tout un lexique dont ces messieurs étaient très friands d'après les dires de toutes ces dames. Ainsi donc tout ce qu'elle transmit à Alex par le biais de son ordinateur ultra performant enchanta ce dernier, et il se dit que l'équipe avait bien visé en choisissant Miya, car elle avait toutes les compétences requises, exaltées par le fait qu'elle était de plus, hors de sa zone de confort.

Elle rentra sous la pluie et chercha Adam dans l'appartement. Elle avait besoin de sa tendresse, de son amour après toutes ces confessions. Adam était sur le lit, ses yeux couleur bleu Klein perdus au plafond. La pièce était sombre. Il sentit sa présence et sourit à Miya. Elle se lova tout près de lui, et il l'enserra de ses bras à la musculature rodinienne. Elle pensa alors qu'elle ne voulait que des instants de silence, des instants à suspendre le temps et l'âme. Il n'y avait que près de lui qu'elle pouvait accéder à cette paix. Cette quiétude toute harmonique, comme utérine. Adam lui donnait tout ce qu'elle attendait. Il ne parlait pas, ne bougeait pas, leurs deux corps tout chauds comme des ventres d'oiseaux respiraient à l'unisson. Miya n'avait jamais été autant heureuse auprès d'un amant. Adam la comblait.

Dernière étape de la mission pour la partie liée à la vie sexuelle, Docteure Catarina Kosky sexologue de grand renom.

Aujourd'hui giboulées de mars et parapluie de rigueur. Celui de Miya représente un épisode du "Petit

Prince". Il y a des étoiles, une rose et le Petit Prince sur lesquels la pluie s'ébroue. Combien Miya regrette son lit douillet d'amour avec son homme parfait. Les mots d'amour d'Adam sont si évanescents. C'était le premier homme de sa vie qui sut la séduire ainsi. Et que dire du plaisir? Une onde infinie qui rendait Miya surnaturelle, quittant l'abrupte réalité pour s'enfoncer dans le monde de l'extase. Seul son Adam la comprenait, la devinait, la chérissait exactement comme elle le souhaitait. Son Adam amant firmament.

Plaque dorée à l'entrée de l'immeuble: Docteure Catarina Kosky.

Miya avait préparé un petit questionnaire à lui soumettre concernant le plaisir masculin. Adam en profitera au passage se dit Miya. Lorsqu'elle ressortit une heure plus tard du cabinet du docteure Catarina Kosky, Mia était troublée, arrivée à la quarantaine, comment se pouvait-il qu'elle ignora tant de choses sur la condition sexuelle masculine? Elle en fut profondément préoccupée et c'est avec un grand souci du détail et avec maintes précisions qu'elle remit toutes ces connaissances à l'équipe DU projet. En seraient-ils autant perturbés qu'elle? Un fond de pudeur lui interdisait de les questionner. Il est vrai que Catarina Kosky s'était très étendue sur le sujet allant bien au-delà du questionnaire de Miya.

Première étape de la mission achevée, reste à se lancer dans la deuxième étape bien plus exigeante sur le plan de l'investissement personnel.

Avril Paris fleurit, reste quatre mois. Désormais partie

éducation avait claironné Alex. Je compte sur toi Miya nous t'avons attribué différents professeurs particuliers hors pair. Un pour le chant, une pour la danse et une autre pour t'initier au métier d'actrice.

Très vite Miya sut poser sa voix et en jouer. À vrai dire chanter lui plaisait vraiment beaucoup. Grâce à cet attrait qu'elle se découvrit pour le chant, elle acquit rapidement une grande maîtrise et fut capable d'aller du lyrique au rap avec bonheur. D'ailleurs elle charma Adam qui l'accompagna dans tous ses répertoires avec un brio incroyable. Miya au C.R.S.A. transféra toutes ses capacités aisément acquises et les Prim'cepts en furent comblés.

La danse ne lui apporta pas autant d'aisance et elle dut s'attacher à une pratique régulière qui lui coûtait beaucoup. Néanmoins après des semaines de travail acharné -heureusement Adam était là pour l'encourager, la soutenir, voire même l'entraîner, sa professeure le gratifia d'un passable, minimum requis pour le passage avec succès de la formation. Faire l'actrice lui parut alors d'une plus grande simplicité. Miya sut déployer avec humour et entrain toute la gamme des émotions et expressions. Elle s'étonna d'être capable de pleurer ou de rire sur commande, d'arborer une joie débordante, de faire passer un sentiment de bien-être ou de bienveillance. On lui avait imposé les expressions positives en priorité pour lesquelles elle devait briller. Cette fois elle s'en tira avec les honneurs, formation actrice particulièrement réussie.

Les six mois de formation prérequis arrivèrent à leur fin. Miya se rendit donc au C.R.S.A. où toute l'équipe DU projet l'attendait afin d'y procéder aux dernières finitions. C'est alors que Miya LA découvrit. Suspension temporelle.

« Qu'est-ce que tu penses de ce bleu lavande, si proche du tien, pour ses yeux ? Comment peut-on le qualifier celui-là ? demanda Alban un prim'cepts de l'équipe apparence physique.

-À part bleu lavande qui est tout à fait approprié, je ne vois pas. En tout cas cela va bien avec sa chevelure blond vénitien totalement copié sur la couleur de la tienne, répondit Julia une prim'cept beautéticienne.

-Alors agrément de tous pour les yeux et les cheveux? demanda Marcus, chef de l'équipe apparence.

-Supra firent-ils tous d'une seule voix.

« Supra » étant la palabre d'agrément de la C.R.S.A. les Techs procédèrent à l'apparence finale yeux/cheveux.

-Miya, as-tu noté la peau plus douce que de la soie? Bravo bon boulot les plasticiens! Pour la voix nous avons modifié quelques fréquences de la tienne mais comme tu le sais, chaque voix est unique au monde c'est comme les empreintes, alors il fallait un distinguo par rapport à tes tonalités vocales.

-Bien sûr je comprends bien Marcus. Elle est vraiment très belle murmura d'admiration Miya.

-Reste à te faire part que ta formation geisha a été bien transmise, nous allons prochainement procéder aux essais et il nous faut attendre les impressions d'Olivier et de Laurent pour savoir si tout fonctionne à merveille. Ils sont vraiment ravis de ce travail titanesque… plaisanta Marcus. Pour le nom, d'un commun accord nous avons pensé tout naturellement à Ève.

Tu n'y vois pas d'inconvénient Miya ?

Miya quitta les locaux de la C.R.S.A. Centre de Recherche en Satisfactions Appliquées, laboratoire d'expertise en création de robots humanisés destinés à la vie de couple de perfection.

Premier spécimen testé et agréé: Adam

Deuxième spécimen en vente prochainement: Ève

Le Fumoir, Paris 7ème

Le gris trottoir parisien faisait résonner mes pas. Mes semelles glissaient, impertinentes sous une pluie battante. Mon œil se heurtait aux façades des immeubles d'un gris laiteux ne laissant aucune clairière d'horizon. Que le dehors reflète autant le dedans me laissa perplexe.

Clémence, les six mois à venir compacts de tâches, une quarantaine et demie avec les prémices esquisses des marques de vie. J'avais remarqué récemment que mes tempes copiaient le trottoir et les façades parisiens. Courir s'avérait nécessaire si je voulais garder mes jeans de l'an dernier. Des détails qui ne m'avaient jamais taloché auparavant. Sale signe.

Alors que je m'approchais du pont qui enjambant la Seine me ramenait du même coup chez moi, fleurit une idée, d'abord quelque peu brouillardeuse elle se fit peu à peu crissante. Partir. Deux petites syllabes qui envahirent ma tête.

Doublées d'un concept: faire simple.

Le rouge du sofa m' invitait à une réflexion ardente. Confortablement installé, un whisky en main, j'ébauchais:

D'abord se défaire des contrariétés et des contraintes.

Ensuite se garantir des plaisirs simples.

Vider l'esprit des vrillements pour éclaircir la pensée.

Ne pas se couper du monde totalement mais le mettre en sourdine.

Travailler la foi au ventre, l'âme limpide.

Briser le miroir du quotidien pour renaître.

Renouer avec soi.

Disparaître comme une volute de clope. Peu à peu.

Conclusion: vivre seul, loin et bosser, bosser, bosser pour que l'accomplissement de la tâche mène

1) à la sérénité du devoir derrière soi et

2) à la marque du moment du retour. Retour aux contours incertains dans tous les domaines. Se laisser tout le temps nécessaire pour une fois, ne rien brusquer, tout dans la fluidité.

Après le "comment" définir le "où".

Cling: un glaçon s'était noyé dans mon deuxième whisky. La pluie ne cessait pas. Mes vitres pleuraient. Mes iris mordorés se gravèrent dans le miroir (un caprice de Clémence, un miroir hindou, bordé de cinq clochettes, qui s'offrait pour les mariages...)

Effectivement, grises les tempes. Tristes les coins de bouche.

Tiens les rides là entre les deux yeux s'étaient sillonnées grave. Et ce teint, blafard... Bon ce sera au soleil. Mon portable vibra dans ma poche. Rien ne devait couper le fil de mon vécu futur. Sans même regarder de qui venait l'appel, je le remisais dans le tiroir du bureau. J'étais déjà sous d'autres latitudes... À l'autre bout de la terre... À l'autre bout de moi. Je devais être une île. Des efforts pour gagner mes rives, alors on ne me dérangerait pas pour rien. De la mer tout autour comme un grand tampon qui sèche et atténue le bruit du continent. Un ciel œil de siamois, pur de tous nuages. Un cœur riche et luxuriant car protégé des hommes et des éléments. J'avais déjà entraîné mes semelles glissantes un peu partout sur la planète. Mon concept de simplicité pointa son nez. De quoi aurais-je vraiment besoin? Et je me souvins alors de cette question abécédaire: "Qu'emporteriez-vous sur une île déserte?"

Je n'avais plus ce qui m'était vital donc restait le tangible: des livres et mes livres, mon whisky et mes clopes. Rétrécir mon univers pour en tirer la quintessence.

Aussi je repris une à une mes considérations: je me voulais seul avec un S non plus majuscule mais grandiloquent et aucunement détourné. Je repensais à mon portable, il avait trouvé sa niche dans le tiroir et m'y attendrait. Un crayon noir H2B, de ceux qui ont la mine grasse qui glisse sur le papier et une rame (le métro vint polluer mon image, réflexe de parisien qui ne s'oublie pas... pas encore) de papier seront garants d'une auto-communication. Écrire équilibrant lire. Simple j'avais dit. Crayon, papier, la valise s'allégera de mon ordinateur portable. Désormais ma base de données résiderait dans mes connaissances acquises. Mon cerveau se ferait prédominant et je m'attacherai à lui car pas de palliatif aux carences et aux oublis. Peut-être un dico. Les mots m'ont toujours fait rêver surtout les obtus, les sinueux, les rares, ceux qui viennent d'ailleurs, ceux qui sont en fond de cale et qui ne voient guère le jour, ceux qui gueulent, ceux qui caressent la peau et frissonnent la langue. D'abord un dico c'est un bouquin donc il fait partie de la série: "mes livres".

Je résume: des livres: tous ceux que j'avais à lire, à stétoscoper, à renifler, à endimancher, à dégrillager. Une vingtaine à peu près, aux auteurs et auteures connus ou émergents ou quidam. Un œil discret entrevit des pavés autobiographiques ou dépourvus du concept égocentrique, simplement des biographies, des ouvrages aux couvertures énigmatiques voire peu engageantes ou à contrario très loquaces de prime abord. Un travail de lecture afin d'en extraire la mœlle nourricière.

Puis mes livres, mes auteurs chevet, mes poètes nuit blanche, fantasmes et rêveries. Vol cérébral délectable.

Et aussi mon whisky pour voir sa couleur ambrée se parfaire et me parfaire lorsque le soleil sera de l'autre côté.

Et enfin mes cigarettes, passées de mode et ennemies de ma conscience sanitaire et de la blancheur de l'émail de mes dents. Clémence me l'aurait rappelé.

Ah oui! mon vieux jogging à la couleur incertaine hésitant entre le brun et le kaki, mais tellement confortable et tout empreint de mon moi intime. Courir fait transpirer à la fois le corps et l'âme.

Quoi d'autre? des photos, des emails imprimés sur cœur et papier... Non pas de parasitage intempestif. Les souvenirs doivent rejoindre le portable, à la niche! Ils resteront dans le tiroir du bureau. Les vitres pleurent toujours et cette fois dans le manteau du soir.

- Putain, quel con!

Une odeur de roussi gifla l'atmosphère et mes narines, je venais de me brûler avec la flamme de mon briquet, mon pouce avait dérapé. Ainsi que ma pensée.

Une robe rouge en soie... Clémence et sa taille violon, Clémence et ses seins pulpeux, Clémence et ses lèvres grenade...

Hawaiï, ce sera Hawaiï, jamais mis les semelles et assez loin, assez petit, assez sauvage.

L'île s'était imposée dans ma tête. Mon ordi sous prétexte de se reposer me distillait parfois une vue du ciel de ces îles, et ces taches dans cette immensité de flotte étaient touchantes. J'avais pris une décision que je savais ferme et inéluctable. Je travaillais à Paris d'habitude, profitant parfois du giron de la nuit pour avancer mes lectures sans interférences diurnes de tous ordres. Les vagues berceraient mes digestions littéraires pour changer. Je repris ma liste et le cours mathématique et thématique de ma pensée. J'emporte: ma tâche assignée sous forme d'ouvrages à décrypter, mes œuvres favorites à lire ou relire avec un sourire au coin du cerveau, de l'alcool pour m'oublier et penser inédit, mes tiges de tabac qui napperaient l'atmosphère d'encore plus de mystères avec leurs circonvolutions de volutes bleuâtres, mon déguisement de sportif accompli qui avait l'habitude de suer avec moi. J'hésitais pour la musique. Simplement parce qu'il aurait fallu un outil technologique pour la dispenser. Je n'en voulais pas. Peut-être trouverais-je quelque part là-bas au loin, un piano qui attendrait mes doigts-oiseaux? Laisser faire le hasard pour une fois. Laisser la route se tracer d'elle-même sans vouloir à tous prix l'asphalter de désirs incessants et consumants.

Déjà j'entrevoyais les changements en moi, seulement après avoir simplement conçu et envisagé mon ailleurs. Un visage que je voulais neuf, dépoussiéré de toutes références antérieures. Un visage que j'aurai à façonner, à rider, à bâtir de caractère. Des yeux mordorés ne se reflétant plus dans le miroir pour les mariés.

Des jeans, cette fabuleuse invention qui a pollué la planète avec ses concepts de recherche d'or, de confort et de solidité. Le jean ce résumé de toute quête humaine expliquant alors l'engouement grégaire. Je n'y échappais pas.

Mes chaussures de pluie resteraient à Paris, j'espérai de la liberté pour mes pieds comme pour mon âme. Seules mes tennis bodybuildées pour la course m'accompagneraient. Je m'imaginais au crépuscule de plage mes foulées épousant le rythme de mes pensées. Clém....

Il fallait la laisser glisser elle aussi dans le tiroir des relégués. Mes foulées et mes pensées avançant vers l'inconnu. À la découverte de mon nouveau moi.

Les livres pèseraient lourd, très lourd à la fois physiquement et moralement. Ma valise se devait d'être pinailleuse.

Elle portait les stigmates des aéroports multiples qu'elle avait fréquentés. Compagne de voyage indispensable, réinventer Robinson Crusoé me paraissait ineptie. Il fallait déjà que mon esprit soit nu, c'était suffisant.

Un troisième whisky me donna l'élan requis. Rare,

d'habitude je m'arrête à deux.

J'exècre l'excès. L'équilibre m'est d'essence essentielle. Je me tiens ainsi droit et debout. Pas le cas vraiment à la minute-même. Mes verres à whisky bien que de fin cristal ont une contenance généreuse. Tout quitter. Deux mots après les deux syllabes de partir.

Y a pire comme destinée. Mon regard stoppe sur la pile de livres, des poches et des brochés. Tout plein de mondes à découvrir, s'oublier dans les pas d'un ou d'une autre. Regarder la vie multiple et vivre au gré des caprices des auteurs. De quoi meubler quelques jours et nuits. Y-aura-t-il au moins de l'amour et du sexe? probable, la vie n'est que ça. Fantasmer ailleurs, bon pour entraver le vrai du souvenir.

Pleut toujours. J'aime.

L'alcool pleure sur les parois de mon verre. J'aime.

Clém. J'aime.

Pleut beaucoup là-bas aussi mais avec la mer, c'est pas pareil. Une maison simple au bord de l'eau. Le dénuement monastique et bouddhique vraisemblablement m'apparaissait planche de salut. Curieux. J'ai rien d'un moine, bien au contraire, j'aime bouffer la vie et ses plaisirs. Mon écran de télé me nargue: qui va te titiller l'esprit et le savoir? Mon ordi se gausse: toi deux heures sans consulter tes emails? Ma stéréo pouffe: sans Mahler et Peter Cincotti t'existes pas! Mon portable s'offusque: y-en-a qui vont pas apprécier le silence. Mon Audi s'esclaffe: une liberté sans roues, t'as-vu jouer ça où?

Merci de vous préoccuper autant de moi mais j'emporte l'essentiel: mon corps et mon cerveau avec quelques fringues et quelques bouquins pour les vêtir tous les deux. Devrait suffire, après trois whiskies, convaincu!

Une pause, rien qu'une pause de quelques mois pour vivre mon moi déparé de tous gadgets de "modernité". Ne communiquer qu'avec moi et les écrivains. Comme une douche bienfaisante qui laverait le passé. Être nu corps et âme sous la pomme de douche gouttelettes de vie choisie. Et surtout, surtout ne pas se pencher au-delà de la pause. Zapper sur toute pensée dont le prénom commencerait par un C.

Je feuillette un des livres à emporter juste pour y accrocher un prénom. J'y cherche un signe? Un signe qui me dirait: "Fonce, vas-y, ose pour une fois, brave le quotidien tout tracé, tu vois bien là c'est Alice, dans le deuxième Lola et enfin le troisième Liz, pas de Clémence impétueuse alors pars!!!"

-Pourquoi c'est si difficile. Ma voix brisant l'air et s'écrasant sur ma statue de bronze, cavalier figé mais valeureux.

Bouffée de pensée qui s'exhale de ma bouche pour mieux se vider de mon cœur.

Je tape Hawaiï comme destination sur les touches du clavier. H comme héros, A comme aventure, W comme wagnérien, A comme am...nésie, I comme îlien et Ï comme bof, tu deviens débile mon pauvre vieux. Le whisky ou la conjoncture? Les deux, heureusement.

Dimanche 16 Mai 2012 départ à 12heures 24. Je laisse derrière moi une vie parisienne peuplée de clémences. Je transporte avec moi juste mon boulot et une sorte de morosité toutefois rehaussée et enjolivée de curiosité. Des dollars, l'anglais, le climat du Pacifique, une île. Du neuf rutilant à fonction de décapant. Vol indirect escale à L.A.

Pensée indirecte, j'ai déjà entamé un livre dans l'avion et je suis en compagnie de Trotsky depuis 3 heures et demi. Pas vraiment une biographie mais une quête. L'auteur a mis ses pas dans ceux de Trotsky et patauge dans la gadoue russe pour en tirer quelques secrets et quelques explications. Il est allé dans sa maison natale et en décrit les ruines avec délicatesse. Les champs alentours sont dépeints comme dans un film, de ce fait je les appréhende dans leurs couleurs et dans les souvenirs qu'ils emprisonnent.

L'hôtesse me propose un drink. Yeux noisette comme ceux de... de qui déjà? Encore quelques heures de patience et je serai sur ma terre d'oubli.

Je fais une pause, je coupe ma lecture. La petite maison que j'ai louée sur la plage est sur le dépliant et sur mes genoux. Loading... Je m'imagine. Du temps à occire. D'abord m'installer avec toutes les signifiances de ce mot. Je dois être bien. Pas en transit. Comme les Romains quand j'habite quelque part je m'ancre. Ce ne sont pas les tribulations de ma brosse à dents, c'est plutôt la cheminée et la crémaillère. Autant se mettre dans l'ambiance car je suis presque en début de siècle... sans technologie domestique. En fait j'ai un peu peur de plonger dans ce monde obscurci par l'absence des facilités coutumières et quotidiennes. L'atmosphère soudainement dépeuplée de tous ces petits bruits familiers: la tintinnabulation de mon portable, l'arrière fond sonore de la télé qui leurre la solitude, le crécellement du téléphone, les gargouillements de mon ordi qui digère ou régurgite l'info. Sans oublier ma musique omniprésente. Le silence... Un grand vide dans le cerveau. Combien de temps par jour suis-je dans le silence? Ouf y a la mer, la pluie et le vent, sans oublier les piafs. Au fait ils font quel bruit les oiseaux d'Hawaïï?

Un bruit-soleil qui vrille et ravit les oreilles et qui gonfle la mélodie des vagues. L'atmosphère est lente. Je me départis de ma vélocité de vivre. Ici c'est au pas des fourmis, sinon tu cadres pas. Une bouffée de calme m'envahit. Pas mal le choix... Je sens que je vais être bien. Concept lointain. Loin du train-train parisien. 13 000 bornes tu visionnes l'écart tout à coup. Trop brutal, l'avion est à la fois magique et surréaliste: qu'est-ce-que je fous là? C'est par où la Porte de Vincennes?

Doute, regret, peur, chagrin, envies, fuite, sensation d'être perdu physiquement et intellectuellement: un gros nuage de pensées mêlées vole dans mon cerveau. Pourquoi l'amour perdu rend-t-il si puéril? Je suis fragile comme un gamin. La perte des acquis est équivalente au gain des ex-avantages. J'étais si heureux de la savoir là. J'étais puissant et invincible alors. Travailler, bosser, oublier. Le taxi me dépose près d'une plage de sable blanc. Cliché. J'ai déjà vu ça dans les magazines des agences de voyage. Ben ça existe... Trois couleurs dominent: bleu, blanc, vert. Out le gris! Et même un peu de mauve à la crête des vagues, inédit! Tout cela titille l'humeur, la lumière s'immisce dans mon iris et éclaire mes zones d'ombre.

Il faut de l'énergie je dois m'installer.

Je gravis les quelques marches du patio d'accueil, le cœur à l'affût, la porte cochère de mon immeuble parisien zappe mon présent. La mémoire est ennemie parfois!

J'ouvre la porte et retiens mon souffle. J'aime mes premières impressions.

Première vision: un hamac qui frétille dans le vent et laisse entrevoir la mer à travers ses mailles. Il a pour pieds de lit deux immenses palmiers dardés vers le ciel, leurs couronnes vertes implorant je ne sais quoi.

Top le dépaysement! En fait il n'y a qu'une grande pièce aux larges baies vitrées qui révèlent la plage et le hamac. Mon concept de simplicité se matérialise.

Petite cuisine rudimentaire avec un bar barrant la pièce dite de séjour.

Un sofa tressé avec un raphia local offre ses coussins fleuris. Besoin de m'y asseoir.

Mes yeux se ferment et commence alors le film de ma tête. Je n'écris pas, je lis; alors ma pensée est domptée et sait s'aventurer dans des labyrinthes de vies qui me permettent d'oublier la mienne. Or à cette minute précise ma vie se prend pour un boomerang et opère un retour qui m'oblige à brandir mon bras et à le récupérer avant qu'il ne me percute.

Alors surgit un flot de questions pour repousser des pensées importunes.

Ai-je vraiment réalisé tout ce que je souhaitais?

Suis-je toujours timonier ou ai-je totalement perdu le contrôle du navire?

Pourquoi mes blessures morales sont-elles plus insupportables que mes blessures physiques?

Existe-t-il une touche "delete" nichée dans le cerveau?

L'abc du basique vital (amour argent bonheur

bien-être confiance confort) est-il exhaustif?

Est-ce-que la vie c'est à la fois fuir, meubler, esquiver?

Est-ce-que l'amour se dilue dans la mer du temps? Pourquoi Clémence s'ancre-elle avec entêtement dans mon esprit, mon âme et mon corps?

Malgré la blessure, malgré la conscience des imperfections, je la conçois sublime et indispensable.

J'avais récemment appris que paradoxalement l'amour a cette fonction particulière de bloquer la partie émotionnelle du cerveau, en résulte donc une inconscience du danger qui rend tout-puissant et invincible.

Une manière de devenir un ultra-soi. Top-génial!

La chimie de l'amour comble le cerveau, il en devient euphorique, se riant de la vie. Être amoureux équivalant tout simplement à être heureux. Alors tout perdre et replonger subitement dans l'ancienne peau d'avant l'amour, traînait un goût d'amertume et aussi une grande étroitesse comme des chaussures trop petites qui blessent le pied et rendent la douleur inoubliable.

La première fois que je la vis... Ce n'est pas un souvenir mais un petit film qui repasse dans ma tête sans même que je le veuille ou le pressente. "Le fumoir".

C'était le nom de ce bar chinois des années 30 dans lequel Maxime et moi nous nous délections de l'ambiance, de nos clopes, du whisky et des potins de notre vie. Et aussi des femmes alentour assez "lâchées" pour fréquenter ce bar d'exception, branché mais fortement empreint d'une certaine masculinité.

Tout était rouge et noir. Laqué. Les journaux se

côtoyaient sur des porte-journaux en bambou disposés savamment près des fauteuils de cuir noir. Les murs laqués de rouge renvoyaient un écran de fumée qui rendait l'atmosphère intemporelle et irréelle. On se croyait à Shanghai en 1935. Max et moi nous aimions cet endroit qui nous arrachait à notre quotidien parisien. Seul bar qui laissait libre cours au tabac et au mah-jong. Le son particulier et régulier des dominos de bambou et d'ivoire déposés sur les tables de jeu de marbre noir veiné de blanc scandait le presque-silence qui régnait dans le bar. La caractéristique du Fumoir c'est qu'on y venait pour y combler certains plaisirs avec emphase. On y fumait, lisait, jouait dans une ambiance révérencieuse et vénérée. La parole y était mesurée et discrète. L'élégance du lieu rendait aussi le regard subtil. Une robe rouge, un rire éclatant. Des escarpins aux talons aiguille fichés sur le barreau du tabouret de bar. Une chevelure auburn. Des mains fines et longues aux ongles peints rouge rubis. Mes yeux avaient trouvé un pôle. Elle devint aimant.

"Ça te dirait un footing au parc de Sceaux demain matin?

– ...

– ¡Hola Hombre j'te cause!

– Why not."

Mon ami est habitué à mes "absences", je suis un rêveur dans l'âme, et la réalité s'efface toujours au profit de la projection. Max se sert alors d'une autre langue pour me faire revenir au présent et ça marche bien.

Soudain elle tourne son visage vers nous. Une beauté

mordante. J'aime le dessin de sa bouche. Et je sais. Je sais que j'ai plongé. J'ai plongé dans l'irrémédiable. Je la veux. C'est mon sexe qui commande, il impose sa loi et me rend esclave. Son subalterne mon cerveau glisse parfois quelques suggestions. Attraction vive et clash. Rare. J'aime tout, d'un coup: son rire, sa bouche, sa silhouette, ses cheveux, ses yeux, le rouge de sa robe et les chevilles fines surplombant les talons insolents et m'envahit aussi ce qui ne se voit qu'avec l'âme. Tout ça dans une femme. Son regard glisse sur ma personne et elle perçoit l'intensité. Elle plonge alors ses yeux dans les miens. Caresses d'iris. Plus de dix secondes alors... Elle sera à moi.

Gorge sèche. Chaud ce nouveau pays. Un petit tour au frigo. Top! Quelle élégance et sophistication dans le détail-altruiste des propriétaires: deux bières sont disposées bien en vue, leur étiquette tournée vers moi et mon regard. Même pas de verre, juste au goulot.

Quelques pas pour admirer la mer et ressentir la fraîcheur de la bière entrer dans mon corps. Je t'avais prévenu, les emails... Réflexe têtu et redondant à dompter.

T'es seul mon Vieux, seul au monde. C'est ta condition de naissance et ta condition d'humain... pour la vie. Tous les leurres se sont désormais effacés faisant jaillir le réel, cru, brut, antipathique. Une fois qu'on a compris et apprivoisé cette solitude inhérente à l'entité humaine, on a fait un grand pas.

Qu'est-ce que j'ai?

1) Du temps. 2) Mes besoins vitaux à considérer, du moins mes besoins pour survivre car le sexe est un peu

dans le tiroir des relégués lui aussi.

3) Du boulot. 4) Une île à découvrir. 5) C'est à peu près tout. Laconique, sommaire voire basique.

C'est vrai mon ordi me manque, lire mes emails seconde nature, sans compter que je ne sais plus écrire en "live", écrire sans clavier: une plongée dans le passé, tenir un crayon pendant longtemps: un geste désuet. Certaines addictions de vie: une femme, un ordi, une voiture sont malaisées à éradiquer.

OK Vieux, arrête les violons et commence à bosser!

Encore une bière et encore des divagations. J'ai besoin d'une transition: une balade sur la plage avant la nuit.

Les oiseaux sont stridents ici, rien à voir avec les piafs parisiens. Le sable a la douceur de la peau d'une femme. L'air sent bizarre. Pas l'iode de bord de mer comme en Bretagne. Les bleus se mêlent, la mer embrassant le ciel. Une boule orange va bientôt s'insinuer entre eux. Le cliché du coucher de soleil. Carte postale galvaudée. Pourtant je me laisse prendre, j'admire. Qui a énoncé que tous les couchers de soleil se ressemblent? Ce serait comme dire qu'une bouche de femme ressemble à une autre bouche de femme. La moue de Clém...

Au Fumoir c'est sa bouche que j'ai beaucoup regardée, ses doigts ont glissé entre ses lèvres une olive dont elle a élégamment saisi le noyau. Ce geste a suspendu mon souffle. J'ai imaginé la douceur de ses lèvres. J'ai imaginé un baiser. J'accepte qu'un cerveau masculin soit hanté par le sexe assez souvent voire constamment, il est des fois cependant où cela défie le tolérable. Le policé pour masquer l'animal devant se faire prégnant et triomphant. J'ai cru défaillir lorsqu'elle a croisé ses longues jambes faisant tourbillonner la soie rouge et mon émotif. Le talon aiguille stabilisé sur le barreau du tabouret de bar quittant sa base pour un envol gracieux.

Les femmes ont-elles des gestes naturels et inconscients qui rendent fou? Je le pense.

Et puis j'ai osé: je lui ai tendu une pochette d'allumettes à l'effigie du bar sur laquelle j'avais griffonné mon numéro de portable et je lui ai dit: "Appelez-moi, vite." J'ai entr'aperçu les yeux moqueurs, avec une once d'appréciation pour la bravade.

Max m'a dit en sortant: "Je ne te connaissais pas sous ce jour, un peu olé olé la drague non? Tu me diras si elle t'a appelé n'est-ce-pas? Que je m'inspire si ça marche."

Oui Max ça a marché pas le lendemain certes mais un mois après alors que je n'espérai plus rien... Voulu peut-être, sans doute, on n'a jamais évoqué cet espace-temps entre notre première et notre seconde rencontre.

Il pleut chaud! Surprenant! Je rentre, la nuit tombe vite, le crépuscule ne se laisse pas savourer.

Je grignote quelques fruits, demain j'irai faire des courses. Et me sers une rasade de whisky assortie de ma première cigarette du soir. Je reprends le bouquin sur Trotsky que j'avais commencé dans l'avion. J'ai bien avancé. Le style coule, le vocabulaire n'est pas élaboré mais les images sont fortes et les phrases courtes, cinglantes.

Le récit est intéressant et inédit il mêle à la fois

l'historique et la narration du voyage sur les pas de l'homme politique liant intimement passé et présent avec un fond poétique touchant et incongru compte-tenu du sujet. Original. L'auteur se permet également sa propre analyse sur le plan politique. Intéressant car il a préservé ainsi l'objectif en le faisant suivre par du subjectif évitant alors toute tentative pour convaincre et influencer le lecteur. Existent deux passages distincts qui annoncent clairement la couleur, laissant donc place au jugement personnel de ce dernier. La phrase la plus dérangeante que j'ai lue jusqu'à présent: "On entendait respirer la terre." Le témoin, un paysan russe de 86 ans, évoquait ainsi la mise en terre de personnes toujours vivantes lors d'un massacre. Mon ventre se serre. L'ouvrage parfois criant de vérité écorche les sentiments. C'est donc un bon roman. Bon je n'ai pas commencé par le plus humoristique. À croire que le noir morose de notre époque déteint sur l'expression artistique. J'étais allé voir récemment une expo au Metropolitan de New-York et la joie des personnes immortalisée par des peintres hollandais du 16ème siècle m'avait interpellée. Absolument tous les tableaux montraient cette formidable joie de vivre. Un bol d'optimisme. Notre époque qui craint tout et analyse à tout va n'inspire plus les créateurs avec appétit de vivre et enthousiasme.

Me reste une centaine de pages. Je ne suis pas mécontent de moi. À ce train-là en vingt jours j'ai accompli la tâche assignée. Bon! Je dois noter toutes mes réflexions. Où j'ai foutu mon laptop? Merde! C'est vrai... Paris. Pas fini de regretter mon acte insensé. Je deviens maso ou quoi? Je cherche à me punir de ne pas avoir su jongler avec tous les éléments de ma vie? D'avoir laissé tomber au sol les balles notifiées: "vie de couple", "amour", "sexe".

Avec rage je m'empare de mon crayon, sors nerveusement un paquet de feuilles d'une de mes ramettes préparées avec soin et stockées au fond de ma valise. Mon précieux et indispensable jogging vole à terre. Je m'en fous.

Le silence me rend dingue. Juste un léger bruit de brise et quelques furtives gouttes de pluie plus discrètes qu'un murmure. J'ai envie de gueuler toutes mes rages. Le whisky me donne la gerbe, pourtant c'est du bon. J'éteins ma clope et la lumière.

Je ne veux plus voir ce qui m'entoure. Les deux palmiers pieds de lit du hamac scintillent sous la lune. Ils m'énervent avec leur touffe dans le ciel. Ils sont plantés là stupidement, béats face à la mer. Rien d'autre à foutre!

L'atmosphère du bouquin russe m'a pollué l'âme. Encore une excuse, un leurre! C'est toi pauvre taré qui te pollues l'âme. Tu t'es enterré au bout du monde avec trois fois rien et avec mille souvenirs-couteaux qui jaillissent à tout bout de champ.

On fuit un endroit, mais on ne se fuit pas. On finit toujours par se retrouver. Ce n'est pas l'extérieur qu'il faut changer, c'est l'intérieur!

Alors comment ça se change un intérieur? L'ivresse, la lecture d'un livre, un bon film, une séance chez le psy, un bon moment avec des copains, une bonne baise, un excellent repas, une bonne nuit de sommeil: tout, absolument tout ça a une fin qui laisse place au reste, à ce que l'on tente d'oublier, de fuir. Retour à la case départ comme au Monopoly après la case prison.

Yin yang blanc dans le noir, noir dans le blanc tout ce qui présente du bon présente automatiquement son contraire. C'est une loi naturelle donc inéluctable. Le plaisir existe grâce à la souffrance et vice-versa.

Quant à la mémoire, elle est merveilleusement odieuse.

Je voudrais arracher Clémence et toutes les souffrances qu'elle traîne dans son sillage. Je voudrais tomber éperdument amoureux là tout de suite. Tiens la voilà la solution de l'intérieur. Dans mon cerveau l'amour et la souffrance font l'amour. Et si l'amour c'était comme un jeu dans lequel on n'a qu'une seule chance et après on a perdu. Une seule fois où l'on découvre l'amour, le vrai, le seul. Et puis le reste c'est juste pour meubler le temps imparti qu'il reste.

Clémence! Voilà j'ai hurlé. Comme un loup! J'ai froid dans le cœur. Je me ressers un whisky malgré la gerbe, malgré la rage, malgré l'estomac rétréci. Et toujours ce silence qui me vrille les tempes. Je sens que je deviens fou. Ma pensée erre hagarde. L'angoisse m'étreint. Mais putain qu'est-ce-que je fous là? Max m'a dit appelle-moi quand tu veux. J'ai crâné: pas de phone Vieux, je m'isole pour de vrai et je vais pas pleurer ma mère ou mon pote.

Après tout se laisser bercer par le souvenir, c'est comme revivre le moment. Bon, le cerveau que j'ai toujours considéré comme un organe stupide que l'on peut influencer et entraîner facilement, se laissera sûrement berner. Quelle est la différence entre le virtuel et le réel? Le virtuel se choisit et se contrôle d'où l'engouement humain pour les ordinateurs pourvoyeurs de perfection en tous les domaines et ce, à la demande. Pour les trois nerfs de l'espèce humaine: le sexe, le pouvoir, l'argent. J'oubliais presque la mort qui au virtuel n'est que momentanée. On perd une vie mais on la récupère au jeu suivant. Top génial, on revit comme on le souhaite.

Alors que le réel se subit à partir d'un choix ou d'un hasard si l'on croit au hasard. Et si je me pose la question quant à l'amour qui ne peut se vivre qu'une fois, il est absolument certain que la mort ne se vit qu'une fois.

Pour mon cerveau je ne suis pas bien sûr que ces deux notions de réel ou virtuel lui soient pertinentes. Réel, virtuel? Actif, fictif? Le pauvre il s'y perd. Cerveau Pavlov. Il prépare la salive rien qu'à la vue d'un citron ou d'un plat prometteur. Un peu basique n'est-ce-pas? Et révélateur, il ne sait pas distinguer la pensée du vécu.

Bon je divague. Toujours pas un bruit. J'aime le bruit, j'aime la ville, j'aime l'activité bordel! Mais qu'est-ce que je fous là? Ça a l'air de bien se traîner ici. Les heures, les jours, les nuits, même pas de ressac, ici tout est pacifique même l'océan!

Bon je me replonge dans l'élégance de Clémence. Histoire de me calmer un brin.

Elle m'a appelé... Un mois après... Je n'attendais plus rien. Avais-je d'ailleurs attendu quelque chose depuis le premier soir?

Un peu sonné, je savourais sa voix. Bien des fois l'image de cette femme en robe rouge me traversait l'esprit mais j'essayais de ne pas m'y attarder. J'avais lu son regard, mais les femmes sont tellement imprévisibles! En attendant je la voyais ce soir.

Quand il fait nuit, il fait nuit ici, impressionnant ce noir encre à calligraphier, lave de volcan séchée. Je décide de me confier à la nuit et à son rituel de petite mort.

Le silence m'empêche de dormir. La musique me manque cruellement. Je me suis infligé la plus aberrante des tortures. J'ai surestimé mes forces. Je me lève, me sers un whisky et m'accorde une cigarette en regardant le hamac et la mer. Reprendre un peu ma lecture. Un poème écrit par la mère de Trotsky. La poésie russe et l'alcool n'ont pas raison de ma torture viscérale. Il est des silences qui plombent le cœur et l'âme. Ainsi la voix prend-t-elle toute sa connotation de vie. Être vivant c'est respirer, mais c'est surtout parler et écouter. Moi mon jeu ne se compose que de lire et écrire. Je vis en sourdine. Mais c'est ce que j'ai choisi.

Une semaine que je vis dans ce trou. Ce bout du monde à l'autre bout de moi.

J'ai apprivoisé la plage. Mon jogging sert le matin dès potron-minet après il fait trop chaud pour l'endosser. J'ai dompté les "malls": ces centres commerciaux américains qui ont même colonisé ce petit territoire cinquantième état. Pratique pour la bouffe et le café y est correct.

Pas vraiment aimé la nourriture autochtone.

Bref je me suis forgé ma routine de vie pour parer au mieux les besoins vitaux. Pas trouvé la marque de mon whisky chéri car la bouteille ramenée de Paris n'a pas eu l'espérance de vie escomptée et il m'a fallu en acheter une autre. J'en ai trouvé un plus âpre, plus tourbeux, mais il fait l'affaire. Quelques touristes: des japonais pour la plupart et aucun français.

Des restaus sympas en bord de mer à même la plage avec musique hawaïienne sirop. Je préfère la musique et les chants traditionnels que j'ai découverts lors de mes pérégrinations alentours. Je m'adapte. La pluie parisienne me manque, j'aurai pas cru.

Les colibris m'enchantent, ils rattrapent la lenteur de l'île avec leur vol effréné et ferrari. Leurs couleurs chatoient le ciel et surajoutent au prisme des couleurs de l'endroit. Oublié le gris de Paris. Ici ce n'est même pas une couleur, c'est un concept.

Je répare ma solitude en la rafistolant avec mes lectures et mes souvenirs. Mon boomerang de vie fait de nombreux allers et retours. Qui a donc inventé cet objet infernal?

Clémence s'est tapie dans un coin de ma tête. Tapie, alors sûrement prête à bondir.

Je la maîtrise cependant. Le livre sur Trotsky m'a entraîné dans des sentiers dépourvus de toute féminité: un bon point pour lui.

Je ne connais de la Russie que Moscou. Ville qui contraste avec les arabesques de la Place Rouge et la rigueur des bâtiments d'une ère révolue qui pérennisent une anti-fantaisie souvent laide d'austérité.

"Que s'est-il passé là-bas?" Titre de l'ouvrage que j'ai désormais achevé mais que je relis à grands traits afin de mieux m'en imprégner, me montre la campagne russe et ses rugosités. Je perçois la dureté de la vie et l'âpreté des sentiments face à une histoire tragique. L'auteur a su mêler avec tact et dignité les témoignages poignants de vieux paysans et les images poétiques de la campagne environnante. Masquant ainsi l'abrupt avec une coulée de miel. Le titre de l'ouvrage me dérange, la formulation interrogative me semble puérile par rapport à la teneur du livre. Sans doute à dessein. Je me donne quelques jours avant d'élaborer la moindre pensée attenante à ma lecture. Le livre s'était avéré parfois indigeste, le sujet évoqué étant délicat et douloureux. Il penche tout de même dans "ma partie verte", ainsi ai-je défini mes appréciations globales de premier abord plagiant les sémaphores de notre code de circulation. L'originalité de la trame m'a complètement séduit.

La lecture a sur moi cet effet yoga, elle remet mon cerveau et ses circonvolutions à plat.

Après un bon livre, je me sens bien. J'ai voyagé, je me suis oublié et j'ai vibré en compagnie de ces personnages issus de l'imaginaire ou du vrai. J'ai savouré les mots et leur impact sensoriel, j'ai regardé la vie avec d'autres yeux qui m'ont ouvert des mondes inconnus. Heureusement la littérature existe, elle me donne vie, elle me permet la vie, ma vie. Il me semblait que fleurissait récemment plutôt un type d'ouvrage retraçant une vie ou sa propre vie, retraçant l'histoire ou sa propre histoire. Signe du déclin de l'imaginatif? Ou alors besoin de dévoilement?

J'aurai sans doute besoin un jour ou l'autre moi aussi de me raconter avec des mots et je cracherai alors ce qui m'empêche de respirer à pleins poumons. Écrire c'est partager mais c'est aussi se dépolluer.

Durant toute la journée j'eus un mal fou à me concentrer. Les deux articles que je devais rédiger ne coulaient pas. Une robe rouge tarissait le flot de mon inspiration en glissant des bribes d'un tout autre type d'inspiration. J'écrivais la phrase "Les métaphores de l'auteur ne cessent de se croiser et de s'entrecroiser..." et soudain c'étaient ses yeux que je croisais ou ses jambes qui se croisaient. J'avais un œil sur l'horloge de mon ordi: 10:07 jumelé avec cette pensée: je la vois dans onze heures. Moi que l'heure surprenait constamment par ses avancées dans le temps pas de géant, m'apparaissait s'étirer paresseusement. Je buvais mon café en pensant à ses lèvres. J'imaginais ses jambes, ses seins sous la robe rouge... Une envie d'elle me submergeait alors et je ne contrôlais plus rien de mon corps. Il me fallait me concentrer sur mon sujet et non sur le sien. J'ai plongé grave!

Je suis nerveux, pourtant c'est loin d'être un premier rendez-vous. Les femmes se sont succédées récemment. La quarantaine me taraude, il faut que je séduise et que je sois séduisant.

Mon allure ne m'a jamais préoccupé au-delà du convenable, alors pourquoi je passe en revue mes chemises et mes vestes, tâchant de concevoir ce qui serait le plus flatteur. Cette fois c'était du sérieux juste après un regard, rare. Ces détails me le faisaient savoir.

Je me gare en espérant que mon eau de toilette respecte le volume tolérable. Un regard dans le rétro, je ne me reconnais pas: "Ta gueule ne s'est pas modifiée depuis le départ de chez toi! T'es vraiment relou mon pauvre Vieux!"

Je le note illico: elle n'est pas là, pas encore là.

L'ambiance du bar sans Maxime, sensation bizarre. Je commande un whisky et... des olives, histoire qu'elle arrive.

Quelques news... Le journal local me fait part des grandes lignes de la vie insulaire et continentale. Je n'ai pas pu résister à l'envie de me plonger dans la réalité des autres, du monde alentour. J'aimerais des nouvelles de ma terre, de chez moi. Il faudra que je me renseigne sur l'improbable éventualité d'une presse européenne, voire française. C'est dur de couper toutes les racines. La plante se meurt.

Je me sens comme privé d'un sens. Aveugle ou sourd de surcroît sur une terre inconnue. Voyager dans une autre langue par ailleurs complique l'exercice de style. Tout m'abandonne même mon expression naturelle et innée. Je me revisite sous toutes les coutures, toutes les coutumes. Je me formate malgré l'angoisse latente que je dompte désormais grâce à ma vie que je m'évertue à rendre routinière, histoire de ne pas trop penser, de ne pas trop réfléchir. Matin-jogging-lecture, midi-pause-lecture, après-midi-balades-découvertes, soir-pause-lecture, nuit-balades-rêves et tel un refrain, je me repasse le morceau tous les jours. "The groundhog day" film que je vis et revis à l'envi. C'est ma parade pour discipliner l'épi rebelle de ma pensée-Clémence, de ma pensée tout court.

J'ai un œil qui butine la porte du bar. 25 minutes qui narguent le sablier de mon temps précieux qui s'écoule sans elle. 30 minutes qui déclinent mon attente à tous les temps compliqués de la conjugaison: elle aurait dû être là, elle eût dû être là... Une robe noire moulante et des cheveux auburn assèchent soudain mon cours de grammaire, le cours de ma pensée et ma gorge.

Soirée délicieuse entrecoupée de rires, d'humour fringuant, de charme chatoyant. Elle est belle, belle à en devenir Éluard. Ses yeux m'ont autorisé un premier baiser. Ses lèvres ont la douceur d'un pommier tout en fleurs.

Après avoir fait l'amour j'ai compris qu'elle était une rue sans issue. Je n'irai pas plus loin... Elle a tout comblé. Je me suis enfin senti moi.

C'est fou comme certains réflexes deviennent vitaux. Repérer la télécommande enfouie sous les journaux, pour s'octroyer une pause-télé. Juste une pause pour bousculer la réalité, pour être autre autrement. D'ailleurs si l'on y porte un brin d'attention soutenue la plupart de nos actes au quotidien masquent et maquillent. Il est bien rare de se retrouver face à soi-même. On tourbillonne avec pour refrains: le boulot et le reste. Le virtuel prend une place prépondérante car il gomme la rugosité de la réalité et endosse le veston du rêve. Moi je n'ai plus de virtuel à part mes livres. J'ai ramené à l'unique ce qui dans ma vie parisienne était multiple. Je pense ma voiture, ma télé, mon ordi, ma stéréo, mon portable comme évasion. Comme un grand boost cérébral qui euphorise. Aujourd'hui dégoter un journal local crée un courant d'air bienfaisant dans ma vie. Régression ou a contrario progression? Je me découvre. J'étais enfoui sous des monceaux de leurres comme la télécommande. Mais quel confort alors! J'ai maintenant du temps pour penser et pour décrypter. Une question klaxonne dans ma tête: quel est l'être le plus épanoui, celui qui jouit de tout le confort mental apporté par la technologie du monde moderne ou celui qui prend le temps de s'enchanter béatement du vol d'un colibri ou d'un coucher de soleil et de penser absolu?

Fi de toute cette métaphysique, j'ai bien du mal à me passer de mes euphorisants mais je constate que je suis en accord avec je ne sais quoi. La nature? Moi-même? Le rythme de vie plus adapté à mon échelle d'être humain? Je ne sais pas définir ce qui se passe en moi. Je change.

Depuis elle ma vie est aquarelle. Rien ne m'apparaît plus fond de toile goudronnée et ressentis goût amer. Ma vie se fluidifie rythmée par une montre trop indolente: "Je la vois dans trois heures..." rythmée par un désir surprenant et anachronique: "Pense à ton boulot, concentre-toi!" rythmée par une euphorie entêtée: "Aucune importance, elle est là." Le bonheur de vie habituellement distillé par petites touches est devenu continu. Mes sens se sont faits paroxysmiques: la regarder, la toucher, la sentir, la goûter, l'écouter gémir lorsque je lui fais l'amour me renvoient une délectation top niveau. Je pulvérise tout obstacle afin de la rejoindre, de lui téléphoner, de lui emailer, de lui texter. Toute forme de communication étant surexploitée et j'en découvre même une arc-en-ciel: la télépathie. J'ai une perception éthérée de tout elle.

Après Trotsky j'ai décidé de m'offrir une bouffée d'air bleu, j'ai ouvert un ouvrage au titre plutôt baroque vraiment: "Ode Baroque". Je l'ai choisi uniquement car la quatrième de couverture m'a promis de l'amour fou et du sexe orchestrés par une correspondance informatique des plus érotiques. J'ai eu envie de m'y prélasser comme dans un bain chaud. De toute façon Clémence commence à avoir des fourmis dans sa position de jaguar tapi dans mon cerveau et elle doit se dégourdir les jambes dans mes neurones étoilées. J'avoue aussi que mon sexe commence à s'ennuyer ferme. Il a bien longtemps que je n'ai pas baisé depuis si longtemps... Encore un truc à fourrer dans le tiroir des relégués, mais ce truc-là se rebelle ferme car impossible à raisonner. Bref je lis et je bande.

Dès le début le style trop ampoulé et fermé à mon goût me rebute un peu.

Mais enfin je savoure avec soulagement quelques pauses poétiques et surtout sensuelles dispensées dans les échanges d'emails. Difficile de ne pas me glisser dans les chaussures de l'amoureux audacieux. Il est très habile ma foi, amenant sa capture dans ses filets-fantasmes. Son style est à la fois gracieux et osé. J'aurais aimé écrire ainsi à Clémence:

"Avec toi Liz, l'amour est un poème composé de mots, d'attentions, et de pensées. Non seulement il touche tous nos sens mais il remue aussi nos ancrages, en nous bouleversant et en nous entraînant dans un monde de sentiments inconnus où le passé et le présent se mêlent avec les rêves. Tosca apparaît à la fois comme un commencement et un achèvement, une vision de paradis terrestre magnifié. À cet instant-même mon endroit le plus dur entre dans la partie la plus douce de toi, nous croyons en mourir de plaisir. Il en est ainsi."

Résumé de l'amour, résumé de tout ce que je ressens. Oh là! que ce verbe énoncé au présent me dérange... Résumé de tout ce que je cherche à ne plus ressentir...

Nous aussi nous avons sombré dans ce plaisir mortel...

Clémence pleurait parfois doucement après l'amour, devant mon inquiétude elle me confessait: "Mon plaisir... trop fort."

J'ai achevé le livre érotique à la couverture bleue et j'ai noté avec mon crayon noir H2B: "L'auteure qui signe là son premier roman nous entraîne dans deux mondes qui semblent à priori antagonistes: l'informatique et l'amour nanti de son révélateur-précurseur: le désir. Pourtant malgré un style narratif quelque peu pompeux et immodeste, on se laisse prendre goûtant le confort de la communication "courielle" ainsi que l'impudeur quasi-pornographique des échanges."

Après Trotsky le changement est brutal! Mon sexe que je mets au repos comme tout le reste de mon moi, s'est rebellé comme un caprice qui trépigne. Clémence a dominé ma pensée et mon corps. Une fois encore nous fûmes fusion à un détail près: elle n'était pas là! Ma plaie s'ouvre.

On ressent un fond de rivière souffrance intense dans ce livre dont j'ai récemment tourné la dernière page. Souffrance qui fait écho à la mienne. Leur amour vif et soudain, décliné, grâce aux touches du clavier de l'ordinateur, sur tous les modes du désir-plaisir, m'a transpercé. Je me sens vide et inutile.

Je pars me balader sur la plage, les yeux lagune. Je marche. Les vagues discrètes baisent le rivage. J'aime le contact furtif de l'eau fraîche sur mes pieds. Où est-elle, que fait-elle, avec qui fait-elle l'amour? Autant de questions-ciseaux qui me découpent le cœur. Des rires fusent, quelques femmes se glissent dans la mer.

Mes yeux s'attardent sur leurs seins et leurs jambes. Ce bouquin m'a vrillé la pensée, titillé la libido... Et je m'étonne. Pas regardé une femme avec un arrière-fond sexy depuis bien longtemps. Signe de guérison ou réflexe de survie?

Une baigneuse solitaire sort de l'eau, sa longue chevelure blonde la rendant naïade-Boticelli. Son corps est beau et elle le sait. Un maillot noir drape les endroits précieux. Mes yeux se régalent caviar de Russie. J'avais presque oublié combien une taille de femme peut être émouvante. Je m'enchante aussi des gestes que j'espionne discrètement. L'enroulement des cheveux dans la serviette afin de les sécher un peu avant de les offrir au vent. La crème solaire qui de la peau des doigts caressants passe à la peau des jambes et des épaules. Le baume pour les lèvres qui scintille la bouche et me griffe l'érotisme. Et enfin l'offrande au soleil d'un corps prélassé. Je me sens mal et mâle. Dois-je me réjouir de cet appel de vie qui se réveille soudainement? La blonde m'a plu papier glacé, Clémence me plaît âme partagée. Well! Vieux le papier glacé c'est pas mal et ça vante l'article, alors prépare un abordage subtil. J'ai faim et me dirige vers ma maison de plage. Fait chaud. Et il faut que je termine l'article sur "Ode Baroque". Partie orange. Le style me dérange et l'analyse de l'impact de l'informatique sur notre vie sentimentale, comme le promet la quatrième de couverture, est insuffisamment abordée.

Des excuses tout ça Vieux, en vrai tu sais même plus comment t'y prendre pour la drague basique, allez avoue! Non j'ai pas envie c'est tout! Elle est too much cette blonde en plus. Raison de plus, super-nul, juste la baise! Pas la peine d'insister je suis pas dans le mood... Tout à coup je me fais peur: prise de conscience: la solitude invente l'auto-dialogue. Je suis devenu mon propre pote. Je me masturbe l'amitié. Clémence, tu vois où j'en arrive sans toi!

Le cavalier de bronze aux éclats mats nous mate. Qu'elle est belle! Son corps voilé dans un tulle noir me défie. L'arrogance des pointes de ses seins perce le tissu et mon désir. Ma pensée n'est plus que sensualité. Mes yeux sont ivres de sa bouche, de ce doux triangle mousseux niché au haut de ses cuisses. Mes mains ne se lassent pas de la douceur de sa peau et de tous les secrets qu'elle me laisse explorer. Son sexe est beau et d'une infinie douceur. Ma langue s'y attarde, je la veux extrême de plaisir. J'aime son goût, note amande douce. Elle gémit souffle-nuage et susurre mon prénom. Lorsque je parcours tout son corps avec mes mains et ma langue, je perçois ce parfum qui me rend animal.

Le mélange de tous nos arômes donne naissance à un effluve particulier qui n'appartient qu'à nous. Notre amour a l'élégance sensuelle d'une plume sur la peau.

Nirvana.

La branche du palmier sous l'effet de la brise essuie le ciel. Ce hamac est finalement source de bien-être. Je m'accorde une parenthèse après une collation rapide. Pas un nuage aujourd'hui. L'unicité du ciel ne reflète en rien mon intérieur.

Elle me manque cruellement. J'ai envie d'elle et j'ai besoin de faire l'amour. Je ne peux plus rien me dissimuler. Tout se rebelle gravissime. Ici, là-bas, ailleurs quelle importance? Je l'aime et n'y échappe pas. L'oubli est anarchiste, on ne le maîtrise pas. Oui mais voilà aujourd'hui je me défie. Je passe un T-shirt sympa, me recoiffe et bombe le torse. Je veux me sentir mâle.

Mes pas me mènent sur la plage, mes yeux tentent de repérer le maillot noir. Rien de noir à l'horizon, la blonde-Boticelli a décampé. Tant mieux cela me donnera le temps de dessiner ma stratégie et mon plan d'approche et d'accroche. Si elle revient un jour... Bof des blondes en maillot noir ce n'est pas ce qui manque, une Clémence qui entraîne toutes les démences, c'est déjà plus rare.

Je veux reprendre ma tâche mais cette "Ode Baroque" a remis ma sexualité en branle. J'ai le vocabulaire primitif et explicite. Et aussi criant de frustrations. Alors si elle est sur la plage cette blonde nageuse, comment je l'aborde?

Pas de pochette à l'effigie du "Fumoir" cette fois. Draguer sur une plage, pas de souvenirs qui puissent m'aiguiller; d'habitude je drague en bar. Et bien que la plage soit un endroit requis pour draguer... il va me falloir improviser. Que dire à une belle inconnue en minimisant le bruit des sabots?

"Fait beau n'est-ce-pas?, Vous avez un beau cul et vous le savez n'est-ce-pas?, Ça vous dirait une baise rapide ponctuée d'une ou deux pipes, j'suis en manque?"

Oui je sais ça fait longtemps que je n'ai pas joué au séducteur et j'avoue que ça ne me tente pas, je dirais même ça m'emmerde. Mais ma condition masculine fait que je ne peux pas ignorer certains besoins alors il faut bien m'y résoudre.

Demain je lui parle à cette blonde papier glacé... et plus si affinités.

Avec Clémence les mots sont immatériels. On communique subliminal. Et c'est génial. Lorsque je la serre contre moi m'envahit cette "étheriété". Nous sommes unis et un. Je ne peux me faire à l'idée qu'elle ait oublié et qu'elle soit passée dans d'autres bras en ressentant la même chose.

Mais cette pensée évoquée m'aide à la considérer autrement, à me détacher d'elle. Un peu, un tout petit peu, certes mais je dois concevoir ma réalité: elle n'est pas là pour moi et ne le sera sans doute plus jamais.

Alors next!

Après mon jogging matinal et avant de mettre ma procédure à exécution, petit tour au miroir de la salle de bains et douche indispensables. Le vent a bousillé l'ordonnance de ma coiffure, ma barbe naissante crisse sous mes doigts et grisaille mon menton, la sueur dégouline sur mon front.

Et soudain quelques petits coups frappés à ma porte. Depuis mon arrivée j'ai volontairement évité tous les contacts pour respecter mon contrat de solitude avec un S majuscule. Ma petite maison a été choisie isolée à dessein, mon allure ursidée également, le sexe me fait sortir du bois mais juste le temps de, alors je décide d'ignorer les petits coups de phalanges sur ma porte portés. Je m'enduis de mousse à raser. Et... dans le miroir un visage qui me regarde avec intérêt.

"Sorry, usually I'm not that way, but I really need help."

Des yeux noirs de mascara peints, des cheveux mousseux à la fois blonds et bruns, une bouche boudeuse et une voix douce et fragile en un anglais à l'accent bien... français.

Je reste sans voix tenant stupidement la bombe de mousse à raser et la regardant dans le miroir.

"I just got bitten by a jelly fish and on top of that, being in a lot of pain, I then twisted my ankle on a slippery rock. I'm really suffering a lot."

Je me retourne et je m'aperçois alors de l'ampleur des dégâts: la morsure sur l'épaule est ponctuée de traces rouges et enflées et la cheville droite a doublé de volume.

Nous adoptons rapidement notre langue maternelle et je m'empresse de la mener chez un médecin en taxi. À sa demande je reste avec elle pour l'aider à marcher.

Elle est somme toute jolie et surtout elle a un corps parfait. Mon humeur du moment me fait m'attarder sur ce genre de détails malgré l'urgence de la situation. Je suis autorisé à me pencher sur l'épaule et la cheville pour constater les blessures, mais je ne constate pas que cela... Elle est élancée et svelte et son paréo dissimule avec tact et délicatesse des formes harmonieuses et conviviales.

Elle m'apprend qu'elle est en vacances avec une amie américaine qui habite San Francisco et qui jouit d'une résidence secondaire à Hawaii dans laquelle elle l'a conviée. Elle adore nager, son amie plus blasée par l'île, moins. Alors elles ont suivi chacune leur route de caprices pour la journée. Et Ève ("moi c'est Ève et vous?" m'avait-elle presque susurré) en est arrivée à me transformer en béquilles au moment le plus inadéquat concernant mon apparence...

Je me surprends aussi à aimer son odeur, un mélange subtil de fleurs sauvages et de vanille.

Elle souffre énormément, le cachet anti-douleur prenant son temps pour se montrer diligent. Le médecin pensant avoir affaire à un proche, voire un très proche, me recommande de renouveler l'application de l'onguent dans la soirée afin que la piqûre de méduse se fasse moins présente. Elle a un joli sourire empreint d'un voile de douleur. Douleur physique récente ou douleur morale passée? Tu auto-suggères mon Vieux.

Je pense lui proposer de la ramener chez son amie. Et puis soudain le vertige du vide... Elle aussi elle va disparaître. Et d'office j'enonce mon adresse au chauffeur de taxi, sans prétexte aucun.

J'ai l'impression de profiter de la situation car elle n'est pas en mesure de manifester ses volontés, abasourdie par la souffrance et l'issue quelque peu dramatique de sa baignade en solitaire.

Je lui propose un whisky malgré l'heure, malgré la conjoncture, malgré mon image peu soignée. Je dois ressembler à un vieil ours sorti de sa tanière après un hiver poussif.

Elle est douce et à la fois gênée et à l'aise. Elle prend place sur le sofa de rotin et regarde le hamac. Elle ne touche pas à son whisky et reste silencieuse. Je ne peux m'empêcher de regarder ses jambes à la dérobée. Le paréo de par sa position assise s'est entr'ouvert haut sur les cuisses. Je sens une vague de désir qui sournoisement s'insinue en moi bravant l'inadéquation de la situation.

Je n'ai pas envie de parler tout comme elle. Je la regarde bien que son visage soit tourné vers l'océan. Puis ses yeux se sont retrouvés plantés dans les miens laissant passer une lumière et une intensité palpables. Je ne peux me détacher de ce lien-onde.

Elle repart dans un taxi qu'elle m'a demandé d'appeler en me promettant de passer me revoir lorsqu'elle irait mieux.

Je regarde tour à tour le verre de whisky intact et le sofa. Je perçois son parfum s'entêtant à demeurer dans mon salon. Et puis je pense à Clémence. Clémence et ses gestes tendres, Clémence et sa passion fougueuse, Clémence et ses envies brutales de faire l'amour, Clémence et ses cris de jouissance, Clémence et... Je bois d'un trait le whisky qu'Ève a négligé.

Clémence et son art de l'amour tout comme cette Liz héroïne d' "Ode Baroque". Le livre point de départ de mon retour au sexe. Tiens d'ailleurs il faut que je finisse mon article à ce propos, depuis le temps que je remets cette tâche.

Je relis les derniers chapitres admirant l'habilité de

ce conquérant pour arriver à ses fins. D'ailleurs je me demande s'il a revu cette Liz ou si comme moi il a dû et doit se contenter des souvenirs. Je me dis aussi que la démarche pour atteindre son but a du être palpitante et excitante. J'en fais part dans mon article, il a su mêler avec adresse la poésie de l'amour et le cru du sexe. L'auteure a un style, je dois le reconnaître, les emails semblent tout à fait pertinents et réels. En fait pourquoi ne le seraient-ils pas? Un écrivain trouve un quart de son inspiration, voire plus, dans la vraie vie.

Ève devient présente et se superpose à Clémence. Je lis, je cours, je mange, je m'assois sur le sofa et porte à mes lèvres un verre de whisky de verre blanc tout banal que j'ai sacralisé car il lui était destiné. Un mois a passé et pas de nouvelles d'Ève.

Elle a du s'en retourner à San Francisco, puis à Paris là où elle vit. "Les gens disent et ne font pas." Un adage de Max. Pataud dans son expressif mais tellement vrai. Combien de promesses restent à l'état de mots proférés ou d'écrits sans suite?

"On se recontacte très vite. Bien sûr je viendrai te voir, je te dirai quand. Je te rappellerai comme j'en avais l'habitude." Création de suite de mots sans suite, ni suivi, qui n'ont existé que quelques secondes avec un statut de souffle articulé et sonore qui ne se transforme pas en réalité. Naïveté d'y avoir cru, sensation d'avoir été berné.

Une autre facette de l'humain: des promesses vernies et caressantes qui se diluent dans l'espace temps juste le temps de séduire. Pourtant ce travers hypocrite ne colle pas avec ce que j'ai pu ressentir d' Ève et je ne sais expliquer pourquoi mais je sais avec aplomb qu'elle se manifestera.

En attendant je cours la blonde. Une partie de moi se montrant de plus en plus rebelle.

Elle est Danoise et elle m'a sucé comme je ne l'espérai plus. Un corps superbe.

Bronzé et plus doux qu'une soie de Thaïlande.

Mon premier contact avec sa peau: l'huile corporelle la protègeant du soleil qu'elle m'a demandé de distiller sur ses épaules et sur son dos. Ses épaules sont rondes et épousent ma paume glissante. Elle dégrafe son soutien-gorge afin de laisser le chemin libre pour mes doigts bienveillants. Je me sens sexe. En fait je ne suis plus que sexe. Tout le reste est bloqué. Mes mains font des aller et venues sur la peau de son dos. Elle a deux adorables petites fossettes au creux des reins. Et un tatouage lové à la naissance de ses fesses. Ethnique, du genre tahitien. Je fais des efforts considérables pour ne pas lui arracher son slip de bain qui bien que minuscule, me voile les parties de convoitise. Et puis je me lance, comme pour la pochette à l'effigie du bar avec mon numéro de portable. Saisissant son épaule ma main lui intime l'ordre de m'offrir sa face alanguie sur la serviette de bain afin que je poursuive mon action de protection solaire. Je caresse sa nuque, puis son cou, sa gorge et ma main descend vers ses seins. Elle a négligemment replacé son soutien-gorge toujours détaché, ce qui me permet de glisser ma main et de percevoir un téton tout dur qui se tend de plus en plus. J'aime découvrir ses seins par le toucher de prime abord. Me réservant le visuel comme un dessert ou le meilleur morceau que l'on garde pour la fin en jubilant de plaisir par avance. Elle est vraiment belle. Ses seins sont pulpeux et leurs pointes raidis de plaisir me rendent fous. Je soulève peu à peu son soutien-gorge dévoilant tout ce que mes mains n'avaient que deviné. Elle a fermé les yeux et son visage exprime douceur et plaisir. L'ombre du palmier sous lequel nous sommes allongés dessine des ombres éphémères sur son corps offert. Je me suis débarrassé de ce soutien-gorge qui n'a plus lieu d'être, et je m'enchante du spectacle de ses seins, l'huile m'empêche de les sucer et de les découvrir à pleine bouche mais c'est encore une frustration que j'aime car je me réserve cette attention pour plus tard. Mes mains effleurent son ventre désormais et ne se lassent pas de ce contact à la fois chaud soyeux et fluide. Je m'attarde sur ses hanches et je m'amuse à glisser mes doigts sous le maillot là où la partie est toute fine comme une petite bretelle. Son soupir se marie à la brise marine. Je me force à prendre le temps alors qu'une seule envie pointe: la pénétrer.

Elle semble tellement jouir de mes caresses dispensées à petit feu que cela m'encourage à ne rien brusquer. Elle prend son plaisir égoïstement sans se soucier de moi ni du mien.

Soudain mu par un instinct que je ne domine plus ma main se glisse vers son sexe. J'ai soulevé le petit bout de tissu et après avoir ressenti la douceur de son pubis, mes doigts entrent dans son endroit intime. Elle gémit alors et imperceptiblement écarte ses jambes afin que je m'enfonce de plus en plus en elle. Puis je caresse cette petite pointe dardée vers moi et l'huile se mêle à son jus de femme. Je descends petit à petit son maillot de bain le long de ses longues jambes afin qu'il ne soit plus obstacle à quoi que ce soit. Elle est désormais totalement nue sous mon regard et sous mes mains. Je veux tout voir d'elle et j'écarte doucement ses cuisses afin que mon regard puisse plonger lui aussi dans son intimité. J'entr'ouvre son sexe avec mon pouce et mon index et je me délecte du spectacle. Son sexe est luisant et brille sous le soleil. Une fois encore je n'ose y porter ma bouche bien que l'effluve qui se dégage de l'huile mêlé à sa son arôme de femme soit délicieux. Je me fais de plus en plus présent rendant mes doigts de plus en plus inquisiteurs et mes caresses de plus en plus fortes et de plus en plus précises. Je sombre dans une sorte d'état second qui me fait tout oublier. Je sens que son plaisir monte. Ses seins me le disent, les pointes ont viré au brun clair et la peau de son sexe à l'écarlate, ses chairs intimes se sont gonflées et durcies. De façon extrêmement inattendue mes doigts se retrouvent enserrés au rythme de ses spasmes de jouissance. Et tandis que ses râles de plaisir se mêlent au bruit des vagues, je dirige mon regard vers son sexe et peux alors me rendre compte de l'intensité de son orgasme qui contracte et relâche les chairs tour à tour.

Elle s'est attribué le fauteuil tendu de velours rouge cramoisi qui éclate dans le coin gauche de la chambre d'hôtel, et estompe les autres coloris de la pièce. Ses pieds reposent sur le meuble du même nom, le repose-pieds, et j'aperçois les semelles vernies de ses chaussures de daim rouge.

Je m'assois sur le lit gauchement et je distingue son visage de trois-quarts. Elle est lumineuse et irradie l'endroit de beauté inconventionnelle.

Elle ne manifeste que quiétude, esthétisme et silence.

C'est elle qui a souhaité que notre rencontre ait lieu dans un lieu neutre, une chambre d'hôtel impersonnelle et galvaudée. Pour me dire...

L'évocation de ce souvenir me fait avaler une gorgée de salive et les mots me font défaut.

Clémence ne va plus faire partie de ma vie. Clémence va rejoindre le rang des êtres de mon passé. Clémence ne sera plus jamais complément de mon être et de mon âme.

Les mots sortant de sa bouche sont absorbés par l'air ambiant, par la peinture claire qui unifie les murs. Ils pénètrent mon cerveau et louvoient dans ma pensée.

Je ne comprends rien, comme si soudain ma langue maternelle me devenait langue morte.

Elle parle de non-futur. Elle parle de rien à offrir. Elle parle de ne rien attendre.

Je ne pose aucune question, l'estomac comme après une forte indigestion.

Je positionne mon regard sur le Braque, charmante copie qui tente d'interrompre la nudité du support. Triste regard qui tente d'interrompre la déchirure des mots.

Je devine le frôlement de sa robe contre ses jambes, elle s'est levée et c'est l'obscurité alentour.

Son parfum me susurre sa présence à mes côtés. Elle offre à mon sexe l'étui le plus divin qui existe. Je ressens ses lèvres, sa langue, ses dents et l'eau de sa bouche se distille sur cet endroit de moi qu'elle sait si bien euphoriser. Comme un drogué qui reçoit enfin sa dose, je me laisse couler dans cet état de béatitude irréelle qu'elle m'accorde.

J'entrevois son regard grâce à l'indiscrétion d'une lumière effluve venue de je ne sais où, et c'est cette note de jazz discordante: son regard doré et doux planté dans mes yeux, qui fait que soudain tout bascule et que sa bouche est emplie de mon essence intime.

Comme si elle souhaitait ainsi adoucir ses paroles, me les rendre buvables et digestes. Mais non! Ce n'est pas Clémence, la femme que j'aime comme un fou, ce n'est pas elle qui dispose ainsi de mon corps! C'est une autre que je ne connais pas car elle m'affirme que je dois continuer sans elle.

Mes yeux picotent, rien à foutre de la Danoise à poils sous le palmier, pas mieux pour la piquée de la méduse... Je crève de son absence! Je hais lorsque survient cette vague dominatrice de nostalgie et de souffrance-carence!

Je pars courir sur la plage aussi puissamment que je le peux ne ménageant ni mes mollets, ni mon souffle comme si je voulais remplacer la souffrance de mon esprit par la souffrance de mon corps.

Comme si une substitution de souffrances me rendrait la vie sans elle plus tolérable.

On prétend que le temps nécessaire pour guérir d'une blessure d'amour est équivalent au temps qu'a duré la relation d'amour. Pas mal d'heures en ligne de mire à tâcher d'éponger un cœur meurtri. Qu'est-ce qu'on peut entendre comme conneries! Moi je l'aime ob vitam et supra vitam.

Ma vie hawaïenne se poursuit indifférente à mes états d'âme. Je comble du mieux que je le peux tout ce qui est vital. Et je lis, je lis et je lis encore me fondant dans toutes ces histoires qui ne sont pas la mienne mais qui me font l'oublier.

La simplicité de mon existence m'étonne. Je n'ai parlé à personne depuis l'épisode de l'irruption d'Ève dans ma vie. Quelques mois ont passé et elle ne s'est toujours pas manifesté. Je sais qu'elle me rejoindra un jour, ses yeux ne m'ont pas menti.

Je pense à mon retour prochain car il me reste juste deux ouvrages à lire. Je connais chaque recoin de l'île, des cascades du sud aux plages touristiques du nord. Ma peau est hâlée, mes muscles saillants, les courses de la plage ont sculpté ma silhouette et ma vie de plein air a éduqué mes poumons. La Danoise s'est occupé de mon anatomie la plus intime, puis il y eut une Japonaise, une Anglaise, une Brésilienne et quelques Américaines. J'ai dompté ma pensée, les souvenirs y sont très mal accueillis, alors ils n'y reviennent plus.

Je suis devenu une sorte d'animal insulaire avec des instincts comblés. Et je me supporte.

Mes crises de colère et de nostalgie se sont tues.

Je me suis fait faire un tatouage pour ancrer une Clémence encrée dans ma peau et ainsi la rendre si familière que j'en suis venu à la confondre avec moi. Je la vis alors non plus comme entité mais comme une part de moi. C'est un tatouage ethnique et symbolique donc abstrait mais dans lequel je peux ou veux néanmoins distinguer un cœur. Puisque désormais elle est gravée en moi, son absence m'est un peu plus tolérable. Je ne l'oublie pas, je tente de donner à mon existence une ligne à tenir qui m'empêche de glisser dans son souvenir. Il ne me reste plus qu'un ouvrage à découvrir. Je l'ai gardé pour la fin. Un peu comme lorsque j'étais enfant et que je conservais dans mon assiette mon morceau préféré pour le déguster à la dernière bouchée.

Je me suis affalé dans le hamac et je me suis plongé dans mon dernier roman. Il prend place en Sicile. J'en aime le style. Le lexique est contrasté et très choisi. Les mots ont un impact puissant car ils jouent avec l'inadéquation et l'inattendu. La trame du récit me plonge dans un environnement à la fois inquiétant et poétique calquant ainsi la terminologie. Une petite brise marine s'ajoute à toutes mes délectations.

Les palmiers font office de parasol et mon corps en apesanteur est aussi léger qu'un nuage. Le hamac sied à merveille à l'ouvrage que je découvre, il en allège la tension qui pointe au fil des pages. L'auteur défie son lecteur mêlant mythologie et science-fiction et l'entraînant dans des relations humaines extrêmes. L'amour, la haine, la vengeance et le rapport au pouvoir et à l'argent y sont inextricables. Je prends soudain conscience de combien ma vie est fraîche. De quelle fut ma chance d'avoir eu la possibilité de vivre une histoire d'amour que je qualifierais de supérieure. Dans "Terra Nostra" les femmes sont égocentriques et castratrices et les hommes pétris d'orgueil et de volonté dominatrice. Tout cela sur fond de paysages beaux à couper le souffle mais soumis aux caprices d'un volcan assassin. Un résumé de la vie et de l'espèce humaine. Je me régale. La quatrième de couverture tient ses promesses, j'avais vu juste quant à le garder pour la fin. J'essaye de freiner ma lecture pour faire durer mon plaisir. Il m'est souvent arrivé de m'attacher aux personnages et de ressentir comme s'ils étaient morts, le fait d'arriver à la fin du roman. Je me souviens cependant d'eux en contemplant parfois la tranche de mes ouvrages anarchiquement rangés sur l'étagère verticale qui me sert de bibliothèque. Elle part du sol et se termine au plafond et les livres y sont déposés horizontalement. Je vénère mes livres et je leur donne ainsi une attention particulière et une originalité de déploiement au regard. Une bibliothèque devenue œuvre d'art de par l'art qu'elle recèle.

Une ombre autre que végétale naît sur mon T-shirt, elle est accompagnée d'un parfum de jardin fleuri tout juste arrosé. La mémoire olfactive étant dominante, un prénom s'associe aux senteurs: Ève. Décidément ces stupides axiomes populaires se télescopent dans ma vie: "Un bonheur n'arrive jamais seul". Je suis à la fois surpris, contrarié, content et intimidé. Le texte du roman au vocabulaire de contraste ayant laissé une empreinte en moi.

Passés les premiers instants de prise de conscience de la situation, je referme mon livre, reprend contact avec le sable chaud et capture son regard. Elle me semble pâle et fragile. Son regard exprime une douceur infinie empreinte de maturité. Sans un mot, juste d'un geste je propose à ma visiteuse que je n'attendais plus de s'asseoir sur le sofa fleuri qui fera écho à ses notes parfumées.

Toujours cet intense regard-lien, qui, quant à lui et contrairement à ce qui me semble d'elle, a gardé toute sa force. Le regard noisette de Clémence se superpose au regard ébène d'Ève. Je chasse aussitôt cette image tourment.

Elle reste silencieuse et ne m'offre que ses yeux en paroles. Une conversation genre mondain ne peut prendre place. Lui poser des questions sur ses blessures source de notre rencontre me semble d'une vulgarité intolérable. Je prends conscience que près de dix mois se sont écoulés depuis la dernière fois que je la vis, alors sa présence est révélation. Elle tient ses promesses et à moi.

C'est étrange les mots n'ont nullement besoin de fendre l'air. Ils émanent du for(t) intérieur. C'est une sensation étrange que je découvre. La communication volute. Qui de nous deux va briser ce fil d'or silencieux qui nous suspend dans le ciel?

"Terra Nostra" capte son regard et nous évoquons la Sicile, son pays d'origine. Ses yeux s'illuminent comme si elle redevenait l'enfant d'Italie.

Je lui fais part de la teneur du roman et nous échangeons nos analyses. En jardins sous-tendus nous parlons en fait de nous en empruntant les sentiers foisonnants de l'auteur de la fiction.

L'amour, la mort, le matériel et l'immatériel, le couple, la vie de tous les jours, le sexe, la spiritualité et l'intellectualité, comme un manège de chevaux de bois, nous font tourner autour de la vie. C'est un moment gracieux, biche au détour d'une orée. Délectable.

Je me sens vrai à ses côtés, out les propos mondains et édulcorés : le temps et ses changements volubiles, les phrases buffet ou fauteuil qui meublent le vide de la communion humaine.

Elle doit s'en retourner et je glisse un baiser furtif sur ses doigts sans me sentir ridicule.

Lorsque je reprends ma lecture et mes esprits, j'ai comme un souffle d'air pur au fond de mes poumons. J'ai comme son arôme au fond de mon âme. Femme à la piqûre de méduse tu m'envahis et c'est bon.

Je me prépare pour mon jogging du soir. Le cerveau tout pétri de pensées inédites.

Tiens! Un mot message au seuil de mes escaliers. Ma Danoise diamantaire tailleuse de pipe se manifeste. Elle se caramélise au soleil et "s'alanguit" de moi. Mon sexe sourit mais il attendra, je n'ai pas envie, je veux juste courir pour déguster l'émotion.

Alors vieux tu négliges une bouche danoise prête à te déclencher l'extase? Tu serais pas un peu maso ou alors...? Le cul et le sentiment se compartimentent pauvre nase! Vraiment tu tournes carré! Et ta Clém chérie et ta Clém muse et ta Clém arapède du rocher de ton cœur? Ève, Clém, Clémence démence Ève rêve,

Ève grève, Clémence garance, Clémence absence, Ève trêve, Ève relève.

C'est la première fois depuis mon arrivée sur l'île que je cours foulées d'Hermès.

La première fois que l'ombre de mon futur tel un rideau de théâtre s'ouvre pour faire place à un autre acte.

Je savais que je la reverrai mais je ne savais pas qu'elle éclabousserait de gouttelettes de vie mon âme endormie.

Sous le regard de mon cavalier de bronze dans mon appartement parisien, nous faisons l'amour. Ève est un mystère qui demeure entier et lorsque je lui ai demandé pourquoi là cette cicatrice sur sa poitrine, elle m'a juste répondu: "On m'a retiré le cœur pour m'en donner un plus téméraire et la seule chose que l'on m'a confiée au sujet de sa propriétaire c'est qu'elle s'appelait Clémence."

Théo + Paolo = 66

Un petit tour auprès de la table dispensant hors-d'œuvres et petites bouchées destinés à combler un instinct bien basique et une constatation atonique pour Nina, rien de bien affriolant.

Invitée à cette soirée d'au revoir par ses amis Kim et Steph qui partaient pour un autre état, Nina tâchait d'y trouver ses marques. Les visages alentour lui étaient pour la plupart inconnus, le bar tenu par une jeune femme venue de Mongolie, exhibait sur le comptoir de marbre moult bouteilles, cependant Kao encourageait son cocktail maison. Le décor alentour arborait une certaine aridité. Seul le jardin adoucissait cette note sèche offrant aux convives des arbres en fleurs sous lesquels on pouvait s'installer pour boire, manger et deviser.

Tremper ses lèvres dans un breuvage euphorisant fut la seule pensée active qui vint à l'esprit de Nina. Elle se concentrait sur ce qu'elle observait afin d'appréhender ce qui lui rendrait la soirée agréable. L'alcool aurait sans doute pour effet de lui offrir un environnement plus flou, plus sympathique, plus enthousiaste.

Vêtue d'une robe qui mettait en valeur toutes ses courbes ainsi que la couleur de sa chevelure, Nina évoluait parmi la création de Kim: des gens qu'elle appréciait et qu'elle avait réunis, des plats exotiques, une maison docile qui se soumettait aux exigences d'une party avec un coin drinks et amuse-gueule et un autre pour danser.

Cela s'annonçait plaisant. Certes cet adjectif n'était pas superlatif, jusqu'au moment où Nina aperçut Théo et où Théo aperçut Nina. Que pointa alors dans leur sourire mutuel? Un résidu de désir indéfini, une surprise poussant du coude une note d'allégresse, un clin d'œil au destin pour cette réunion plus qu'improbable.

Théo l'embrassa sur les deux joues très très près de sa bouche, et la questionna un peu trop hâtivement sur sa vie. Ce qui renseigna Nina sur l'émoi latent que leur rencontre provoquait. Émotion totalement exacerbée lorsque Nina se mit à danser plus tard dans la soirée. Théo s'était installé dans le fauteuil de cuir dominant la piste de danse afin de la détailler sans gêne, l'obscurité lui garantissant la discrétion.

Nina savait bouger son corps sous les lasers, touche technologique fort inattendue, qui électrisaient sa peau soyeuse de reflets moirés. Lorsqu'elle entrevit Théo qui portait les yeux sur elle, elle le vampa, elle l'alluma.

Elle avait au creux du cœur un sentiment mitigé déshabillé par l'alcool absorbé. Elle souhaitait ranimer ce désir fou que Théo avait toujours eu pour elle et le frustrer en ne lui accordant que la vue de son corps qui rythmait la musique de mouvements lascifs et évocateurs.

Cœur de cible atteint. Théo était capturé. Il la désirait vertigineusement. Elle en fut pleinement consciente lorsqu'il haleta les mots "Tu es la plus belle" à son oreille et que négligemment il s'en vint coller son corps contre le sien alors qu'elle lui tournait le dos.

Puis il la convia au bar, lui offrit son cinquième cocktail et lui glissa sa carte en la priant au sens littéral du terme de l'appeler très, très vite. Il y avait urgence.

Nina, juste pour continuer à jouer, enfouit la carte dans son soutien-gorge non sans avoir auparavant bien écarté ce dernier de la peau. Théo, drôle comme à son habitude, feignit une pâmoison. Il nota alors les talons aiguille sexy et fit une remarque sur les chaussures de Nina toujours aussi seyantes et tentantes.

Une lueur malice dans l'iris, il lui tendit alors une seconde carte afin que Nina le régalât à nouveau de la vue sur la pointe de son téton rosé. Toujours le même humour, toujours le même érotisme. Malgré les années passées, Théo n'avait pas changé à son égard. Il l'embrassa avec fougue sur la joue-lèvre happant un peu, au passage, de son rouge à lèvres coquelicot.

Nina continua à danser pour endiguer la confusion que Théo avait drainée dans sa vie ces dernières heures. Ils furent amants passionnés, avides l'un de l'autre jusqu'à la violence. Mais Nina s'était sentie souvent délaissée, la vie de Théo étant des plus chaotiques de par son métier dévoreur de temps et d'énergie. Il lui était donc rare et par conséquent hautement désiré. Elle considéra le temps de l'imparfait, temps de conjugaison qui portait bien son nom, mais qui la renseigna.

La musique la pénétrant tout entière, elle découvrit qu'elle n'attendait désormais de Théo qu'une seule chose: la faire jouir. Elle voulait offrir à son corps tous les caviars, tous les champagnes, tous les homards, toutes les crèmes glacées flambées pour qu'il exulte en un feu d'artifice ruisselant de joies multiples. Alors Théo serait... son jouet sexuel.

C'était sans compter sur la personnalité de Théo qui fit aisément d'elle... son esclave sexuelle.

Bien sûr elle le contacta quelques jours plus tard.

Le lac était étale, seule une gondole menée par un faux Italien, détail d'ensemble plus que kitsch, ciselait l'eau verte.

Théo avait choisi la table la plus avancée sur le ponton ainsi que la robe que Nina portait, ce qui permettait à son œil d'être comblé.

Dans l'email précédant leur rendez-vous, elle lui avait donné le choix suivant, suite à sa question "Comment seras-tu habillée?" Une mini robe noire, une maxi robe ultra moulante couleurs ciel d'orage, un jean et caraco dentelle, lingerie Victoria's Secret. Et il avait élu la robe couleurs orage sans omettre la lingerie et surtout, surtout les talons aiguille! Il avait ponctué le terme d'un point impératif.

Puis l'email suivant: "!" Nina chercha à décrypter ce que pouvait bien signifier ce point perdu dans l'espace du message. Et soudain elle se souvint. C'était leur langage codé. Touchée du fait que lui, ne l'avait point oublié. Naturellement. Cette touche de ponctuation visuelle traduisait l'outrance de son désir sexuel. Prometteur...

Le soleil pailletait les cheveux de Nina et fit qu'elle dénuda ses bras. La robe aux couleurs orageuses, en l'occurrence noire en bustier, bleue à la taille pour finir en couleurs estompées dans les crèmes, au plus près de son corps exclamait sa gorge pleine drapée dans un sous-vêtement carmin rebrodé de strass. Théo s'efforçait de soutenir son regard alors qu'ils conversaient, mais Nina ressentait parfaitement les tentations qui le traversaient.

Leur échange verbal fut des plus subtils, cours du fleuve de leurs vies avec ses crues et ses dérives, la politique demeurée leur sujet favori après l'amour, cela va sans dire. Seule Nina émailla leurs mots de pointes érotiques. Théo ôta un cheveu rebelle, qui au gré de la brise osa s'approcher des lèvres de Nina. Ce faisant il effleura sa bouche de ses doigts et commenta son acte à haute voix afin d'en atténuer l'audace. Puis il promena un doigt près de sa bague, améthyste en forme d'œil qu'une de ses amies Turque avait fait réaliser tout spécialement pour elle à Istanbul sans s'enquérir de sa provenance, mais en se demandant si Nina était libre; c'est vrai que Théo avait un tempérament possessif. Avec la déclaration qu'il la trouvait vraiment très belle, ce furent les deux seuls points tendresse que Théo se permit.

Nina le trouvait distant dans l'attitude mais à dessein pour tenter de cacher ce qui le gagnait.

D'autant plus qu'une femme à la table voisine donnait le sein à son nouveau-né. L'humour de Théo vint à la rescousse et il fit rire Nina à gorge déployée avec l'expression chamboulée de son regard et l'empressement à saisir la paille de son drink suite aux pensées induites par l'image de ce sein source de plaisir repu. Certes, mais le désir avait incrusté ses strass dans le regard de Théo.

Une modulation dans sa voix fit comprendre à Nina qu'il souhaitait plus d'intimité lorsqu'il murmura avec volupté "J'en ai très envie" comme ils évoquèrent l'idée de se rendre chez elle.

D'habitude à peine la porte franchie, Théo plaquait brusquement Nina contre un mur et dévorait son rouge à lèvres, sa bouche, sa langue. Peu à peu leurs extrêmes sexuels reviendraient, Nina le savait. Cette fois, après l'avoir longuement embrassée de baisers tendres et très doux, et l'avoir abandonnée sur le lit, il s'installa dans le fauteuil de cuir grège qui lui faisait face. Nina comprit, elle détacha lentement la moustiquaire, tulle léger qui s'étala en corolle autour du lit créant une atmosphère exotique et dressant un voile pudique entre son corps et les yeux de Théo. Nina s'allongea.

Il lui intima de relever sa robe pour lui dévoiler ses longues jambes. Nina glissa, avec une sensualité mesurée, l'étoffe le long de ses jambes. Théo rendit sa posture plus confortable épousant les rondeurs accueillantes du fauteuil. Il lui demanda alors d'ôter sa culotte. La robe à la taille, le petit triangle rouge s'étiola sur le tapis d'orient. Il voulut alors une caresse précise, appuyée au centre d'elle. Les talons aiguille au premier plan exhibaient leur semelle vermillon. Les rideaux bleu marine respiraient donnant à la pièce un souffle frais. Nina ne voyait pas, plus Théo, elle avait fermé ses yeux. Elle dut ensuite goûter ses doigts brillants de son intimité. Son sexe était détrempé. C'était la première fois qu'ils prenaient le temps de vivre ces instants. Il lui demanda de lui montrer comment elle prenait son plaisir. L'écran de tulle donnait à Nina une sensation de semi-solitude, elle put alors exceller dans le spectacle imposé qu'elle dispensait:

De deux doigts elle dévoila son sanctuaire, petit temple voué au plaisir fait de pleins et de déliés, de fines sculptures aux doux reliefs couvertes d'onguent à la fragrance sienne. Sa fente offerte luisait sous la lumière nacrée et grâce au petit plateau créé par les talons aiguille, le regard pouvait aisément s'introduire dans cet abri secret. La voix de Théo interrompit le geste tendre, il voulait qu'elle soit à quatre pattes. Inélégance du terme, mais elle sut sublimer la posture animale en un félin s'étirant et poussant au plus avant ses pattes antérieures, bousculant alors l'expression brute en l'habillant ainsi d'une élégance extrême. Oh! Elle devait être totalement nue et s'exécuter une fois encore. Sans omettre de présenter son corps ainsi modelé sous différents angles. Les ordres-caprices se succédaient trahissant une excitation intense. Libre sous l'air pur distillé par les voilages bleus, elle s'alanguit en un soupir-zéphyr. Théo avait bloqué son nirvana. Elle l'appela.

Théo se leva, se campa devant la moustiquaire, en écarta les pans puis se saisit de la chevelure dorée à pleines mains, plongea dans les yeux de Nina et enfonça son désir droit, droit entre ses lèvres. Elle l'effleura de ses dents et un râle crissa dans l'air bleu. Sa bouche tanguait lentement; un moment plus lâché et le ciel fit volte-face, Nina imposa sa désespérance, la langue de Théo glissait enfin avec emphase entre dunes et vallées. Et son plaisir jaillit en une source chaude qu'il savoura. Et son plaisir décupla lorsqu'aussitôt il entra en elle, arrachant quelques notes rauques mêlées au murmure de la ville lointaine.

Scène II

Le parfum de Leslie traînait dans la salle de bains; Nina l'hébergeait depuis plus de trois mois et elle devait s'en retourner en Europe bientôt. Leur routine de vie épousait un quotidien joyeux et harmonieux. Nina, cependant se demandait comment Leslie pouvait être aussi monacale à 25 ans. Pas un seul excès alimentaire, au lit à 21 heures, un contact très régulier et très ponctuel avec son compagnon qui attendait son retour avec impatience, un habillement certes élégant, mais plutôt classique et à part un fond de teint unifiant et mat bronze, aucun maquillage.

Malgré un décalage horaire total, Nina dormait en

moyenne quatre heures par nuit et un certain décalage dans la fantaisie de vie, elles s'entendaient bien.

Comme elle se retrouverait bientôt sur ses terres, Nina tenta d'agrémenter les dernières soirées de Leslie en la conviant dans ce bar hawaïen qu'elle adorait.

L'ambiance était exotique. De la décoration à la musique. Leslie fut charmée par l'endroit, un mai tai posé devant elle, un sourire aux lèvres, elle détaillait l'alentour. La soirée s'écoula doucereuse et Leslie gagna son lit à près de minuit.

Nina fut étonnée de la requête: elle voulait retourner dans ce bar ayant vue sur la baie et les ponts à la renommée mondiale, avec trois nouveaux stagiaires travaillant à ses côtés.

Comme elle voudrait. Leslie lui présenta donc Léon, Armin et Paolo; 27, 29 et 24 ans. Très polis ces trois jeunes hommes, et très drôles.

Nina nota le vocabulaire, touche générationnelle. Seul Paolo était plaisant à l'œil. D'origine brésilienne, il arborait dans le regard une étincelle de vitalité que Nina ne manqua pas de remarquer. Armin, silencieux, ne détachait pas ses yeux d'elle, quant à Léon, il égrénait la conversation de pointes d'humour qui amenaient un rire unanime.

Nina portait un pantalon mi-cuir mi-coton-spandex qui dessinait ses jambes, un T-shirt gris perle où s'étirait une vue de New-York en noir et blanc qui couvrait ses seins généreux et des sandales hautes toutes en lanières découpées couleur abricot qui hachuraient sensuellement la peau dorée de ses pieds. Un blouson de cuir abricot lui aussi finissait l'ensemble.

Compétition de femmes oblige, Leslie ayant fait part de l'âge canonique de Nina à ses invités, avait glissé dans la conversation, seul trait amer depuis qu'elles se connaissaient, que ce soir on allait sortir Mamie. Fort habituée à ces basses vengeances féminines, la sagesse de Nina balaya le coup de poignard.

Le bar hawaïen connut le même succès, bien que l'ambiance se figeât lorsque Paolo laissa échapper son verre qui se brisa au sol donnant au petit parasol qui enjolivait son drink et qui gisait à terre désormais, une tristesse ponctuée d'incongruité.

Qui émit en premier l'idée d'y aller? Peu importe, ils étaient tous les cinq dans cette boîte de nuit branchée et au son de la musique techno laissaient leur corps se déhancher.

Imperceptiblement Paolo se retrouva face à Nina, de plus en plus près de Nina, lui souriant et barrant la route aux autres mâles. Il eut un geste gentil, il mit à l'abri son sac et son blouson, puis un autre geste prévenant: il lui présenta un gin coca. Pas trop à son goût, mais Nina accepta, ayant perçu dans son regard cette avidité de lui plaire, de la combler. Comme si l'acceptance de son geste lui ouvrirait la porte d'autres acceptances...

À deux heures du matin ils voulurent se rendre de l'autre côté du pont pour un autre night club un peu plus huppé. Nina, la Mamie en parfait état de danse, jeta un coup d'œil du côté de Leslie. Elle était frippée mais semblait vouloir suivre, ayant détecté que Nina était partante.

Perchée au haut du gratte-ciel, la boîte intime offrait une vue rubis et diamants. Les avenues toutes droites se dessinaient, emperlées. Revêtues de nappes ivoire, toutes les tables rondes, au plus près des baies vitrées, partageaient la même destinée : concéder au regard un horizon jusqu'à la mer en survolant une étendue d'architecture illuminée.

Agencement des plus subtils qui laissait le centre du lieu pour la piste de danse. La musique était belle, un orchestre en fond de salle passait de Frank Sinatra au rock le plus vif obligeant les danseurs à se repenser.

L'éclairage ambiant, doux crépuscule, effaçait les contours, les stars étaient les lumières de la ville et les yeux brillants des femmes.

Que faisait la langue de Paolo dans sa bouche ? Nina n'avait rien prévu, rien pressenti. Tel un félin il s'était approché, avait dû ressentir l'instant de faiblesse et il l'avait embrassée. Rien à voir avec les baisers enflammés de Théo, Paolo y mettait de la grâce, de la lenteur, de l'application et beaucoup beaucoup de douceur. Il lui parla en brésilien, langue très sensuelle, et elle perçut l'idée. Il faudra attendre Paolo, pour le moment nous sommes un quintet. Le club des cinq en goguette...

Il l'inonda de textos frais et touchants avec des petits cœurs pour ponctuer ses phrases. Parfois il était question de ses yeux maquillés, de la douceur de sa peau, de son sourire, de sa bouche. Il s'en tenait là, du moins pour le moment.

Lorsque Nina retrouva la solitude de sa maison, Leslie s'en étant retournée chez elle, elle envoya un petit texto tout simple à Paolo: "que fais-tu ce soir?"

Il aima les draps en soie que Nina avaient ramenés de Chine et qui éclairaient leur peau de reflets dorés. Paolo sentait bon. Il avait une musculature insoupçonnée que Nina aimait à caresser. Le temps s'étirait, Paolo passait de longs moments juste à regarder, à découvrir le corps de Nina en le frôlant de ses yeux. Elle aimait son torse imberbe à la peau bronzée, elle laissa traîner sa langue pour le goûter. Il gémit.

Elle avait élu le grenier comme alcôve. Nina l'avait aménagé en chambre d'hôtes, mais elle l'utilisait aussi pour lire, écrire, se relaxer car l'endroit ensoleillé par deux puits de lumière jouissait d'une atmosphère bienfaisante. Elle avait eu du mal à y monter le lit, mais désormais il invitait l'endroit au repos et au plaisir. Le plafond glissant en pentes douces réduisait l'espace en un petit cocon couleur vanille.

En fait, il eut été difficile pour Nina de faire l'amour dans son lit qu'elle avait partagé quelques semaines plus tôt avec Théo. Oui les amants se succédaient à cause d'un homme et d'un roman, mais Nina n'était pas coutumière du fait, alors elle établissait des barrières.

Paolo était vraiment beau, ses yeux fendus ne se lassaient guère du spectacle que Nina lui offrait. Elle lui avait ouvert deux vieux cartons à chapeaux antiques dans lesquels elle gardait des vêtements érotisants.

Et il avait choisi. Elle portait...

Des chaussures originales, qui enveloppaient ses chevilles dans un cuir gris perle boutonné à l'arrière et qui emprisonnaient ses pieds en un triangle de cuir noir mat, dont les talons aiguille au décimètre amplement dépassé imposeraient leur loi; des bas gris ciel de Paris qui assaillaient ses jambes y grimpant jusqu'au haut de ses cuisses pour s'abandonner aux attaches du porte-jarretelles de dentelle parme, sublimant son secret d'alcôve, voilé dans un petit carré de tulle assorti qui pointerait ses désirs; un soutien-gorge inédit qui ouvrait la dentelle parme au centre de ses seins pour y libérer les pointes rosées qui peaufineraient leurs caprices; une chaîne d'or ainsi que deux colliers africains aux perles argentées et indigo qui démarquaient sa taille et ses mouvances cadencées; un peignoir de soie peinte à la main, représentant une déesse divinement charmée par le paysage de grues cendrées s'ébattant devant elle, qui la drapait subtilement.

Elle murmura à l'oreille de Paolo ce qui allait se passer entre eux, mêlant son message de mots imagés et sophistiqués car elle réservait le cru pour plus tard.

Elle lui avait soufflé comment elle souhaitait de prime abord qu'il joue avec son corps. Puis, une fois assouvie, il aurait alors la surprise de découvrir comment elle, elle s'occuperait du sien. L'épilogue serait leur duo d'amour. Elle voulait cela pour leur première fois.

Nina avait déposé auprès du lit deux petits verres à liqueur finement décorés, une bouteille d'alcool ambré, ainsi que quelques fraises et des macarons multicolres éparses dans une coupe de cristal. Une carafe d'eau fraîche, au cabochon ciselé dominait les amuse-bouche.

Avec la douceur extrême qui le caractérisait, Paolo allongea délicatement Nina sur le lit. Il s'appuya sur ses bras, ses yeux au-dessus d'elle, et plaqua ses mains sur les siennes qu'elle tenait de part et d'autre de son visage. Le corps de Paolo entièrement nu, se faisait pesant sur la soie du peignoir, sur la soie de la peau. Puis il se lova à ses pieds, et commençant par le cou-de-pied, il se mit à lécher ses jambes. D'abord sur le bas, mais ensuite il en détacha un et du même coup laissa choir une chaussure au sol. Il concentra ses baisers et sa langue sur la face interne de la cuisse effleurant le petit carré de tulle transparent qu'il écarta de façon brusque et inattendue afin d'y déposer son regard très longuement. De deux doigts il écarta aussi ce qui s'offrait à lui pour y plonger ses yeux plus profondément et d'un geste tendre, il intima aux cuisses d'amplifier l'angle d'ouverture en éraflant la peau de ses ongles. Juste regarder.

Il prit soin de replacer le carré de tulle pour venir sucer les pointes rosées déjà raidies de plaisir. Nina, les yeux fermés, n'était plus que ressentis. Son souffle bien que diaphane se modulait en soupirs appuyés. Paolo excellait dans son exécution sensuelle. Elle oubliait tout: les impossibles et les jamais.

Il mit ensuite ses lèvres sur sa nuque, dans son cou, alternant baisers, mordillements, langue lascive. Un bain de plaisir pur. Il lui chuchota alors quelques mots dans sa langue maternelle, suavité enchanteresse qui contrebalançait la rigidité qu'elle ressentait aussi. Il prit une gorgée d'alcool qu'il distilla entre les lèvres de Nina et planta ses yeux bruns dans les siens pour y quêter une approbation rassurante. Elle sourit et repoussa sa tête vers son triangle noir. Il se montra musicien talentueux faisant vibrer grâce à ses doigts agiles toutes les cordes de sa contrebasse. Trois. Trois c'était le nombre de points comblés là, dans son empire volupté. Le point plus avant nanti d'une douce colline fut emprisonné dans une bouche passionnée tandis que les deux autres points avaient été obturés par des doigts archers. Le dôme du plafond étouffa le gémissement de plaisir intense. Les doigts de Paolo furent encerclés de contractions traduisant une jouissance aux orgasmes multiples.

Théo: 42 ans   Paolo: 24 ans
Deux amants cumulant 66 ans
Nina les aurait prochainement.

Quatre-Vingts

Des couples, des couples, des couples encore et toujours des couples. Partout où Iris tournait son regard, ils étaient là, la narguant. Iris les observait. Ils avaient tous l'air las l'un de l'autre. Pourtant ils étaient assis l'un près de l'autre dégustant sans mot dire les agapes inhérentes à l'événement auquel tous étaient conviés : le mariage de Sonia, une amie très chère d'Iris, avec Lahn.

D'autres se trémoussaient sous la boule argentée du plafond, totalement incongrue dans ce décor grand siècle, boule qui tentait d'irradier et d'iriser les vitalités, les murs et les tentures. D'autres encore se contentaient d'observer la salle et ce qui s'y passait. Il y avait eu un diaporama (mot désuet à remplacer par power point) évoquant la vie de chacun des récents époux, puis de leur rencontre; les photos en avaient été très bien choisies, drôles, tendres, insolites et sérieuses. L'assemblée bon enfant riait en chœur, ou formant un rond avec la bouche laissait exhaler un "oh" trahissant une émotion attendrie devant les photos des deux tourtereaux enamourés. Iris s'était laissée prendre, si heureuse devant le bonheur de Sonia.

Le mariage pour Iris: le plus grand leurre existant.

Juste le temps de procréer, de se reproduire et hop on s'ennuie. Pire encore, on en vient à ne plus se supporter. Mais on feint, on esquive, on joue son rôle sociétal. Pas obligé de partager son point de vue, mais juste une remarque pour plonger dans la personnalité atypique de cette grande brune.

Iris avait dit oui à l'invitation à ce mariage et Sonia avait tout fait pour qu'elle s'y sente bien, pour qu'elle s'y sente intégrée et comme tout le monde, bien qu'en solo. Malgré toutes ces attentions de plan de table et de stratégie sociale, elle commençait à trouver le temps long; la musique disco-sirop ne l'enchantait guère mais au moins se lever et bouger en rythme aurait brisé l'ennui.

Un dernier tour d'horizon pour savoir où elle se placerait afin d'entrer dans la danse. Et... soudain son regard accrocha une chevelure blonde. Un jeune homme la trentaine, grand, bien bâti, en costume noir et chemise grège se tenait à l'encoignure de la porte. Un éclair de pensée se propulsa dans les neurones d'Iris: faire comme les autres, danser en couple. Alors aller le convier.

Depuis sa prime adolescence elle avait coutume de faire "le premier pas", volant ainsi l'apanage masculin, sinon elle eût encore été vierge à son âge. Les hommes n'osaient l'approcher. Jamais vraiment cerné pourquoi elle intimidait autant.

Iris l'avait inscrit dans son patrimoine émotionnel comme fait accompli et si elle voulait une compagnie masculine, elle se devait d'aller la solliciter.

Greg le beau blond ne se fit pas prier, il lui emboîta le pas et... le corps.

Celui-là savait mener une cavalière avec des mains tout en collines et en vallées. Il glissa même un léger baiser au creux du cou d'Iris. Il n'avait même pas attendu la permission. Bof après tout c'était bon de se laisser faire. Fougueux le jeune homme et loquace aussi. Il engagea une conversation anodine. Iris aima sa voix grave et douce.

Elle s'habituait peu à peu aux dizaines de mains qui se promenaient sur elle.

Ne pouvant dissimuler son accent étranger lorsqu'elle lui répondit, Greg devina instantanément l'origine de cet accent et il se mit à deviser avec elle dans sa langue maternelle.

La musique se faisait complice de l'enlacement, des voluptés, des mots aux tonalités jazzy, de la chevelure blonde qui scintillait.

Iris se sentait plus légère. Enfin une gorgée de champagne pétillante. Elle dégustait cette petite touche dissonante, tous deux abordant une autre forme d'échange, de contact par le biais de mots aux sons sensuels comme en prodiguent certains accents d'une langue à l'autre.

La pièce tournait, les mots glissaient, les corps se frôlaient, pas vraiment un tango mais presque. Une forte sensualité émanait du couple. Greg plaisait beaucoup à Iris de par l'aisance avec laquelle il dansait, de par la maîtrise avec laquelle il la manipulait. Rare.

Soudain, le faux pas: une question d'Iris qui brise

l'enchantement. Une curiosité qui aurait dû se taire et qui dénotait de toute façon une banalité civile. Elle s'enquit de savoir comment il s'exprimait avec facilité dans cette langue pour lui étrangère et pour elle maternelle. Il répondit avec la plus grande franchise du monde, ce qui la laissa figée, qu'il apprenait cette langue à l'école. L'école, un mot qui sonnait faux. Il voulait dire à l'université ou dans un institut de langues étrangères. Non il avait bien dit: "à l'école". Ce qui donna lieu en toute logique à la question suivante: "Et en quelle classe es-tu?"

Question posée avec une certaine appréhension quant à la réponse alors que tout continuait, la musique, la danse, les mains, les yeux, les cheveux, la boule argentée au plafond. Tout excepté le miel d'être lascivement bien avec l'autre. Le plafond était descendu sur la tête d'Iris. Elle quêtait donc la réponse comme on peut appréhender parfois un aléa du destin. Un brin de peur au ventre, une attention exorbitée et une réaction prête à bondir.

En 3ème. Il était en 3ème!!! Vite un calcul, quel âge avait-elle en 3ème? Tout se mêle, impossible de se concentrer pour compter, alors: "Mais quel âge as-tu?" 16 ans avec l'air de s'excuser car il n'était pas très brillant à l'école... Et il avait redoublé. Elle lui demanda alors s'il avait la moindre idée de son âge à elle. Cela lui sembla extrêmement incongru et il ne sut que répondre. Iris abordait, certes avec grâce ses 55 ans et elle lui en fit part. Il ne s'en émut pas le moins du monde continuant à danser avec la même maestria.

Iris n'attendit pas la fin du morceau qui en l'occurrence

était fort long, une de ces chansons discos interminables et elle lui dit qu'elle aimerait voir sa mère. Puisque lui avait-il dit, il était venu avec elle, sa petite sœur et son petit frère de six mois!

Un tremblement de terre.

Ce n'était pas Greg le trentenaire.

C'était sa mère!

Iris s'excusa auprès d'elle bafouillant qu'elle n'avait pas eu la moindre idée de l'âge de son grand gaillard de fils et que l'obscurité de la salle... l'ambiance... la musique... etc... etc... Bref elle s'embourbait tandis que la mère de Greg portait toute son attention à son bébé qu'elle tenait dans les bras. Ce n'était pas bien grave du tout et il n'y avait aucun problème lui assura cette dernière.

Légèrement refroidie, non en fait l'impression de sortir d'une douche glacée, Iris se rassit et tenta de laisser une bouchée du gâteau de mariage la distraire.

Tout sourire Greg vint s'asseoir auprès d'elle et lui énonça qu'il souhaitait passer le reste de la soirée avec elle tant la compagnie alentour lui faisait défaut et la sienne qualité. Elle comprit alors que tous deux avait un point commun: une solitude pesante parmi une communauté appariée lors d'un mariage.

Elle refusa de danser comme il le voulait. Mais à la cinquième demande insistante, elle retourna sur la piste avec au coin de l'œil la mère de Greg qui n'avait d'yeux que pour son nouveau-né.

Iris demanda à Greg de garder ses distances cette fois, ce qu'il fit et elle se laissa peu à peu gagner par le plaisir de danser sans aucune note de sensualité.

Greg passa toute la soirée avec elle, se montrant possessif, protecteur, galant, drôle et attachant.

Elle le regardait avec des yeux bien différents bien sûr, mais ne put s'empêcher de noter cette incroyable maturité qui se reflétait sur l'apparence et sur le physique de cet adolescent très homme.

Elle ne se sentait coupable de rien car elle avait été trompée par ce qui émanait de lui. De plus de par ce qu'elle avait pu en juger, il était assez mûr sexuellement, pétri de multiples expériences déjà.

Avant de se quitter il lui demanda s'il pouvait l'embrasser et il lui dit qu'il était triste. Triste de quoi Greg?

Elle lui accorda un petit bisou sur la joue et ils se séparèrent. Des pas marqués derrière elle, Greg l'avait suivie, il lui posa la question: "Est-ce-que l'on peut se revoir?" les yeux crépuscule. Iris ne répondit pas.

Lorsqu'elle narra l'aventure à Sonia, elle s'exclama: "Non Iris pas Greg! C'est mon petit cousin!" et elles rirent toutes deux de bon cœur, ce qui minimisa l'affaire.

Iris n'oublierait jamais Greg, la réciproque est bien moins sûre, à 16 ans la route est longue. Mais quelle importance, au moins Iris ne s'ennuierait jamais aux cérémonies des mariés, car libre comme le vent, ses partenaires seraient différents.

Une semaine plus tard, Iris était conviée à un anniversaire de demi-siècle. De ceux qui égratignent un peu le corps et l'âme. 50 c'est la moitié de 100 et le double de 25. Voilà le résumé en chiffres de tout le ressenti inhérent à la date de naissance et au temps torrent.

La salle carrelée de tomettes provençales avait un air du sud, les tables étaient déjà dressées donnant à l'atmosphère un aspect figé et rangé, les convives aux tenues quelque peu endimanchées, après les salutations de convenance, se mettaient en quête de leur place à table, histoire de se donner une contenance.

Plus de cinquante personnes pour ce cinquantième anniversaire. Des toiles étaient exposées, profession oblige, l'amie d'Iris qui célébrait son demi-siècle était peintre. Mais Iris qui connaissait bien son style remarqua d'autres tableaux signés d'autres artistes. Après avoir rempli son verre de punch couleur abricot frais, elle se mit à détailler les toiles fichées là, dans un décor inadéquat.

Tandis que tous alentour devisaient allègrement en différents langages, Iris aiguisait ses sens: les yeux au mur, le punch sur sa langue, les sonorités mixées en une délicieuse cacophonie, les roses des bouquets distillant un parfum doucereux, le verre de cristal glacé qui en cette belle et chaude journée rafraîchissait ses doigts.

Elle pouvait parfaitement s'isoler même au sein de la plus vaste assemblée. Et elle ne comprit pas bien pourquoi dès le début de cette célébration, elle avait éprouvé ce besoin de se couper de cette effervescence humaine alentour. Sans doute une ambiance trop apprêtée, trop convenue, trop empesée. Comme toutes ces fêtes où l'on se doit d'être joyeux et de faire bombance tous ensemble le même jour, à la même heure. Les tableaux abstraits pour la plupart ajoutaient une note irréelle, point désagréable du tout à l'appréciation d'Iris. Elle allait d'un à l'autre, son verre à la main, ses talons aiguille résonnant sur les tomettes d'argile.

Quelques personnes l'abordèrent poliment initiant une conversation des plus banales: lien avec la reine de la fête?, quelle profession?, accent charmant, clémence du temps, décorum assurément réussi, talent des artistes, saveur du punch, robe superbe, elle ne vieillit pas, quelle merveilleuse idée ces photos d'elle enfant parsemées sur les tables, où est donc son mari?, quel bonheur de réunir tous les gens que l'on aime etc.. Pour Iris du sucre glace sur le gâteau. On souffle et il s'envole.

Oui il fait chaud, oui ma robe est superbe, non elle ne vieillit pas mais c'est son anniversaire, non les artistes au mur ne sont pas tous talentueux, oui les photos sont une belle idée narcissique, oui son mari est en retard il s'est levé tôt pour tout préparer, non le décorum n'est pas si réussi que cela, les nappes pendouillent, les tables sont trop imposantes, les bouquets masquent le vis-à-vis des convives. Ne jamais pouvoir exprimer ce que l'on pense pour ne pas blesser, ne pas choquer, ne pas entacher, ne pas interrompre.

Puis la présentation de la vie de Talia l'amie d'Iris, plus de deux heures, c'est vrai 50 ans cela commence à faire long. Enchaînement de photos, de petits films qui, comme la semaine auparavant pour le mariage de Sonia et de Lahn, déclenchèrent chez les amis réunis le même type de réactions, rires et attendrissements. Le mari de Talia, Vince, les larmes aux yeux aborda leur vie, leur bonheur et sa gratitude pour la destinée de l'avoir affublé lui si laid d'une femme aussi belle et aussi brillante. Touchant, très touchant. Malgré tout, Iris connaissait par le menu tous les détails de vie de Talia et ma foi leur couple ne nageait pas tant que cela dans un bonheur ému aux larmes.

L'instant d'émotion disparu, il fut annoncé aux invités qu'ils pouvaient passer à table. Iris tâcha de repérer son nom sur les jolis petits cartons calligraphiés-main qui tels les cailloux du petit Poucet égrenaient la nappe. C'est alors qu'elle découvrit son voisin de table. Il n'avait pas besoin de chaise. Deux bouteilles d'oxygène lui maintenaient le dos repoussant le dossier de son fauteuil-roulant. Deux petits tubes en plastique transparent barraient son visage pour s'enfoncer dans ses narines.

Malgré cet accoutrement médical vital, il avait un visage harmonieux et surtout un incroyable sourire. Un sourire qui prenait place dans son regard, s'étirait vers le coin des yeux et s'épanouissait sur ses lèvres. Une brillance scintillement de lune s'échappait de ses yeux en y apportant une touche d'indicible jeunesse. Iris avait du mal avec la maladie, la souffrance, la vieillesse. Or cet homme synthétisait ses trois angoisses. Elle s'installa auprès de lui après lui avoir rendu son sourire. Elle nota les mains noueuses qui furent élégantes, longues et fines. Elle nota aussi les vêtements. Une chemise bleu glacier que reflétaient ses yeux, un costume de prix, flatteur et seyant.

L'élocution était vive et enjouée, en fermant les yeux, elle eut pu penser qu'il était en pleine force de l'âge.

Assurément ce n'était pas n'importe qui, d'autant plus qu'autour de lui se déployaient beaucoup d'égards et d'attentions. Cependant Iris restait son centre d'attention. Il ne la quittait pas du regard, lui souriait sans faiblir et promenait ses yeux sur elle. Il engagea la conversation. Ainsi apprit-elle qu'il était peintre, apparemment de renom, et qu'il peignait toujours. Il lui désigna un de ses tableaux au mur et il se trouva que c'était précisément l'œuvre qui avait le plus touchée Iris. Elle lui en fit part ce qui accentua et le sourire et la brillance des yeux.

Soudainement, au moment le plus inattendu, c'est-à-dire au moment où les hors-d'œuvres leur furent servis, elle sentit une main sur son genou, une main qui s'était posée là, légère et distraite. Ne sachant pas trop comment réagir devant l'inadéquation de la situation, Iris décida d'ignorer la main et de pointer son attention sur le médaillon de foie gras qui trônait au centre de son assiette blanche au liseré doré.

Karl lui dit alors combien il la trouvait jolie dans sa robe rouge et combien il aurait aimé peindre sa silhouette si parfaite qu'il n'avait cessé de regarder depuis son arrivée. Iris se sentait comme un petite souris acculée et face à un gros matou à l'œil luisant. En d'autres circonstances: un homme même d'âge très mûr mais en santé et assis sur une vraie chaise, elle aurait exprimé sa façon de penser. Or, à ce moment-là la situation s'avérait bien différente. Comment se montrer vive face à un homme très vieillissant et très diminué, qui de plus lui souriait en la complimentant?

Sa conversation était des plus intéressantes et Iris questionna beaucoup Karl en priant pour que sa main ne s'aventurât pas au-delà des limites du raisonnable. Or la situation n'avait pas de raison. Pour l'instant la main se cantonnait à son genou sans trop bouger. Iris croyait que lorsqu'il répondrait à ses questions il ne penserait plus à ses charmes. Erreur. La main s'était déplacée sur l'autre genou et commençait à caresser sa cuisse. De plus en plus gênée et n'osant réagir car vraisemblablement ils n'étaient pas seuls... Iris regarda alentour, les convives ne semblaient rien remarquer du manège.

Iris pensa: cet homme est si proche de la mort et j'ai le pouvoir de lui offrir quelques émotions. Alors elle oublia son barème de bienséance et décida de ne rien laisser paraître même lorsque la main glissa sous sa robe pour mieux ressentir la peau. Karl mangeait de son autre main et ne la regardait pas. Il laissait sa main errer, errer, errer. Iris doucement le repoussa en replaçant sa main sur la table.

Il lui adressa alors le plus malicieux des clins d'œil et reprit son périple. Tout en lui parlant de lui, de son art, de ses œuvres, de ses voyages, il la caressait atteignant presque le point central. Iris lui envoya alors un regard mi- s'il vous plaît veuillez cesser mi- je vous en prie nous sommes en public, mais rien n'y fit.

Cet homme était d'un entêtement à toutes épreuves. Iris avait l'impression d'être devenue cet air qui circulait dans les petits tubes de plastique, l'impression d'être souffle de vie.

Cependant la situation la dérangeait de plus en plus, elle prétexta un besoin bien naturel afin d'échapper à cet homme aux mains si alertes.

Il fit une moue genre enfant gâté déçu car privé de dessert, ce qui engendra chez Iris une irrésistible envie de rire. Il lui fit promettre de revenir très vite afin de déguster la suite de l'excellent dîner tout spécialement préparé pour les amis de Talia, qui justement faisant son tour d'invités, s'était plantée derrière lui.

Iris se rassit avec soulagement, la présence de Talia lui épargnant une autre visite intime des mains de Karl.

Iris évoqua Karl avec Talia quelques jours plus tard et une fois encore comme avec Sonia, elles rirent de la situation.

Karl mourut quelques mois plus tard et Talia fit part à Iris de ce détail croustillant: trois de ses maîtresses ainsi que sa femme s'étaient crêpé le chignon afin de veiller ce fabuleux Karl qui s'était éteint à l'âge de 96 ans.

Iris eut alors un nombre à l'esprit: 80

C'était la différence d'âge entre les deux hommes qui s'étaient intéressés à elle ces deux semaines-là.

3 Petites Lettres

Il allait rentrer d'une minute à l'autre et allait découvrir les deux verres à whisky dont un portait une trace de rouge à lèvres sang.

Elle s'apprêtait à passer la soirée, puis la nuit chez une presque inconnue. Âpreté du regard sur l'instant, lame figée en sa poitrine. Depuis un mois, vivait en elle une supra-conscience, un pointillisme des faits, des actes. Une micro-chirurgie de sa vie.

Elle savait combien la découverte des deux verres de cristal ciselé, dont un à la trace sexuée ainsi que du cendrier où gisaient deux mégots de cigarettes brunes fermement écrasés, engendreraient un déferlement d'émotions difficile à contenir.

Il la chercherait partout comme un fou. Et ne la trouverait pas...

Tricia était une toute nouvelle collègue dans l'établissement où travaillait Élise.

Son apparence reflétait sa personnalité. On la remarquait à peine. Petite, fine, ni jolie ni laide, le visage doux et avenant cerné d'une longue chevelure auburn moutonnée.

Élise la choisit. Peut-être à cause de toute cette discrétion et cette délicatesse qui émanaient d'elle. Elle avait besoin de quiétude et d'un être qui ne questionnerait pas. Et elle ne s'était pas trompée. Lorsqu'elle demanda à Tricia, qu'elle connaissait à peine mais suffisamment pour savoir qu'elle vivait seule, de l'héberger pour quelques jours, sa réponse fut simple: "Oui, bien sûr."

Élise découvrit donc l'appartement qui protègerait ses secrets.

Quelques semaines auparavant la souffrance l'avait terrassée si fort, qu'elle vivait depuis en état second. Le premier effet de "l'aveu" avait été une perte totale des besoins vitaux. Elle ne pouvait plus ni s'alimenter, ni boire, ni dormir. Elle se forçait à avaler quelques miettes de pain et un demi-verre d'eau qu'elle vomissait aussitôt.

Elle n'insista pas. Ses yeux devinrent d'une brillance exceptionnelle, elle ne dormait plus, elle écrivait au kilomètre.

Il était tout. Elle n'avait plus rien.

Alors elle avait tenté ce geste désespéré: l'aiguillonner de jalousie. Le scénario s'était insinué dans sa tête avec une grande précision.

Il rentrerait, elle lui démontrerait qu'elle passait la nuit avec un autre après une conversation chez eux, chez lui, autour de whisky, celui qu' "il" avait osé boire chez lui, et de cigarettes, celles qu' "il" avait osé fumer chez lui en compagnie de sa femme!

Elle avait eu en bouche ce goût fort de tabac brun.

Elle qui n'avait jamais fumé et qui détestait ça, avait aspiré maladroitement sur les deux cigarettes en ayant pris soin d'ôter auparavant son rouge à lèvres carmin. Goût horrible qui, à aujourd'hui, restait mémorable.

Tricia avait tout préparé pour accueillir Élise et avait insisté pour lui laisser sa chambre, et ce disant elle avait changé les draps du très grand lit.

Durant le dîner qu'elle n'honora pas, Élise évoqua ce que Tricia avait subodoré: un problème de couple. Elle raconta l'amour qui les avait unis.

L'amour chêne, liane, gardénia, Mozart, Rolling Stones, pièce montée, caviar, Bora Bora, lever de lune, coucher de soleil, coquillage nacré, diamant brut.

Destiné à ne mourir jamais.

Sylvain était ami, famille, confident, mari, compagnon, amant et l'aveu:

"Je t'aime tant que cela m'empêche de vivre, j'ai peur que tu meures, j'ai peur que tu tombes malade, j'ai peur qu'il t'arrive du mal, j'ai peur que tu me quittes. Je t'aime jusqu'à l'obsession totale, alors j'ai voulu me retrouver... dans les bras d'une autre et ce à 11 000 kilomètres de toi. Et... je me suis perdu dans le bleu de ses yeux."

Élise, bien que Sylvain fût au Texas et elle à Paris, savait. Elle pleurait sans discontinuer après les deux jours qui suivirent son départ. Elle avait un lien ultra-sensoriel avec son homme. Elle avait tout senti, pressenti, ressenti même si loin de lui.

Il lui vrilla le cœur lorsqu'il lui décrivit combien il aimait faire l'amour avec elle et combien il l'admirait lorsqu'elle jouait du piano sous la lune texane.

Élise avait toujours eu ce grand regret de ne pas être pianiste, ce qui enfonça encore plus avant l'éperon dans sa chair.

Tricia écoutait et laissait son regard couler par la fenêtre entr'ouverte en ce début d'automne aux allures d'été indien.

Sylvain avait été récompensé de son travail fructueux par un cadeau de son entreprise: un voyage au Texas pour les meilleurs employés.

Ce voyage, cet emploi, ce salaire confortable n'avaient existé que grâce à Élise. Elle ne regrettait rien, et elle revoyait le visage fermé de Sylvain face à ses amis à elle. Les intellectuels les appelaient-ils. Il lui avait exprimé son complexe, il n'avait pas fait d'études supérieures contrairement à elle et en souffrait. Alors elle le poussa à devenir celui qu'il voulait être, et il se mit à préparer des concours. Elle l'épaula, lui épargnant la moindre tâche afin qu'il se dédie à l'étude. Elle le fit comprendre, réviser, mémoriser, après tout elle était pédagogue et excellente de surcroît. Si bien qu'après un an d'efforts pour tous les deux, il sortit major de sa promotion et obtint illico un emploi dans l'informatique balbutiante couronné d'un salaire très enviable. Leur vie changea certes mais Élise n'était pas particulièrement impressionnée par l'argent et ses pouvoirs, elle lui préférait l'amour et ses plaisirs. L'intellectualité et ses amis intellectuels.

Ces autres bras de femme il les avait rencontrés lors de ce voyage. Meilleure employée elle-aussi... Alors Élise trouva ce tour du destin quelque peu injuste.

Eux, couple modèle constamment fous amoureux, capables de folies ultimes juste pour se caresser du regard, se métamorphosaient en un vase Ming tombé au sol et brisé en mille morceaux.

Élise savait que les débris de fin kaolin ne pouvaient se recoller. Elle souffrait atrocement. De fait elle avait perdu beaucoup de poids et son amie lui souffla qu'elle ressemblait à une liane et qu'elle voulait connaître les secrets de ce régime miraculeux…

Lorsqu'elle rencontra Tricia cela faisait deux semaines qu'elle ne mangeait plus. Où trouvait-elle la force de mener une de vie de façade tout à fait routinière?

La classe qu'elle menait cette année-là était particulièrement difficile. Le midi elle traînait à table et tous les collègues partis, elle donnait son eau aux plantes et se débarrassait subrepticement de son assiettée. Elle trouvait, malgré l'absence complète de nutriments et le manque de sommeil incommensurable, la force de faire ce qui était à faire.

Son cerveau fonctionnait comme jamais. Ce n'était pas du tout la folie, comme on aurait pu le croire, qui la gagnait, mais une lucidité absolument inédite. Une âpreté du regard. Qu'est-ce qui l'avait menée là?

Une douleur sans fond ou l'impossibilté de substanter son corps.

Tricia restait silencieuse après le récit qui s'arrêta à la mise en scène du whisky-cigarettes, elle n'avait posé aucune question et signifia à Élise qu'il fallait aller se coucher.

Curieusement Élise se sentit à l'aise dans ce petit appartement qui jouxtait une église romane et qui offrait un paysage de fenêtre tout arboré. Il régnait une senteur diffuse qui s'apparentait à de l'encens.

Mais Élise n'avait pas vu la chambre très en détails lorsqu'elle y était arrivée. Elle y entra et fut saisie par l'atmosphère qui la déconcerta.

En face du lit courait un petit muret en forme d'étagère sur lequel plusieurs icônes scintillaient de tous leurs ors à la lumière de lune. Quelques bougies étaient allumées. Une sensation étrange envahit Élise. Elle n'était pas d'une religiosité flagrante or à cet instant précis elle se sentit happée par l'ambiance mystique.

Elle s'installa dans le lit de grande dimension et tira à elle les draps blancs tout en continuant d'observer la pièce qui devenait de plus en plus surréaliste. Elle avait la nette impression que les personnages des icônes la fixaient, la lueur des bougies qui vacillait les rendaient vivants. Elle nota aussi des bouquets de fleurs séchées disposés ça et là. Était-ce un Christ qui se tapissait à l'encoignure?

Elle décida de fermer les yeux et c'est alors que tout commença.

Ils étaient sur l'autoroute, Sylvain conduisait la vieille Passat bleu métallisé. Ils avaient concocté un voyage vers toute l'Europe de l'Est. Première destination la Yougoslavie. Tout était réuni pour que le cœur d'Élise batte à pleine vie. Elle était auprès de l'être qu'elle aimait le plus au monde et elle courait le monde!

Inconscience totale. Ils s'embrassaient à pleine bouche alors que le paysage défilait à 150 kilomètres à l'heure. Appel irrésistible. Elle avait encore en bouche le goût de ce baiser défi.

Ils allaient acheter une baguette croustillante dans la meilleure boulangerie parisienne et l'oubliaient sur le comptoir. Le sourire charmant et complice de la boulangère lorsqu'elle les rappelait, laissait soupçonner une forte pointe d'envie devant un tel amour tout ébouriffé.

La première fois qu'ils firent l'amour, Sylvain perdit connaissance. Non pas d'épuisement mais d'émotion.

Élise revoyait le bleu mouillé de ses yeux où elle pouvait lire un amour infini.

C'était la huitième fois qu'il la prenait. Pourquoi ce chiffre était-il resté gravé! Vieil adage: lorsqu'on aime on ne compte pas. En l'occurrence il lui avait déclaré que plus il lui faisait l'amour, plus il avait envie d'elle.

Sève printanière au-delà des saisons.

Ils étaient ivres. Ivres de bonheur et provoquaient l'intérêt. A-t-on jamais vu un couple si heureux d'être ensemble, si avide l'un de l'autre.

"La marmite", c'était le nom de ce restaurant niché au cœur de Rungis où ils échouèrent après des milliers de baisers. Un orchestre était là et la jupe de mousseline bleu pâle d'Élise virevoltait, son âme également. Moment sublime comme il en existe peu volé à la vie, volé à la bienséance, volé au soleil couchant.

C'était la sixième fois qu'il lui téléphonait en ce jour.
La directrice pour Élise, c'est encore votre mari, il va falloir veiller à ne plus déranger ainsi!
Il lui disait, Élise.... Je t'aime et il raccrochait.

Elle avait trouvé un petit mot dans le réfrigérateur collé sur la bouteille de jus d'orange, bon anniversaire mon amour, disait le mot. Quelle idée bonbon glacé!
Et attachée au volant de sa voiture, elle trouvait la montre blanche qu'elle désirait tant. Envolée de flamants roses.

Il lui avait dit, ferme les yeux et laisse-toi faire. Élise s'attendait à une surprise d'amour. De fait, il la dirigeait vers l'alcôve, il la fit s'allonger sur le lit et... Il lui dit simplement d'ouvrir les yeux. Elle nota alors le plafond parsemé de post-it jaunes, ces petits bouts de papier auto-collants qui servent à gribouiller des notes à la volée. Pas un centimètre carré du plafond qui ne fut recouvert.
Sur chaque petit carré jaune, il y avait écrit je t'aime.
Elle figura et mesura la conception, le temps d'exécution, la réalisation et l'échelle.

Les souvenirs remontaient, tous en bouffée fraîche et euphorisante. Comme un film, fil de vie que l'on déroule après avoir coupé au montage tous les instants du trop-quotidien. Tous les instants au goût de chicorée.

Élise se trouvait en état alpha. Cette hésitation entre la conscience et l'inconscience, lorsque soudain le drap blanc se mit à onduler telle la mer en début de tempête. Le personnage de l'icône était tout près d'elle, elle pouvait sentir son souffle sur son visage.

Élise rencontra Sylvain un mois juste avant qu'il ne se marie. Ce qui la frappa c'est que le couple qu'il formait avec sa future épouse était un calque du sien.

Sylvain affichait la même allure nordique standardisée que le mari d'Élise, tandis que la future mariée partageait les mêmes caractéristiques physiques qu'elle, bien que plus petite et plus typée.

Leurs regards se caressèrent très vite. Élise en éprouva un profond malaise. Mais cette vague tsunami bouta tout sur son passage. La moralité, la conjoncture, la société, les autres, les alliances et les devoirs.

Le mariage de Sylvain fut mémorable. Le curé qui s'était auparavant entretenu avec le couple et qui connaissait donc la future, accueillit Élise vêtue de rose pourtant, et la prit pour la mariée!

Clin d'œil du destin sans doute. La ressemblance possiblement.

Dans l'église, devant l'assemblée tout ouïe et prête à se rejouir de l'union, ce malencontreux curé se trompa trois fois de prénom en tentant de nommer Sylvain.

Les invités échangèrent des regards silencieux mais

éloquents. Encore une pique de la destinée.

Sylvain et Élise n'étaient pas à l'endroit prévu pour eux. Trois mois plus tard Sylvain divorça. Élise en fut mortifiée.

Les années passèrent et malgré les bleus au cœur, Élise frayait son chemin de bonheurs au quotidien.

Tous leurs amis, et ils étaient nombreux, cherchaient à percer leurs secrets d'amour. Leur façon de s'aimer si naturelle et évidente. Certains leur révélèrent que depuis eux, ils croyaient ferme en l'amour. Que leur couple était une illustration de l'amour. Le temps passait et rien, absolument rien n'altérait la soif qu'ils avaient l'un de l'autre. Ils se devinaient et se passaient de mots. Élise commençait à frémir de froid que Sylvain avait déjà fermé la fenêtre. Elle apportait la boisson préférée de Sylvain alors que la gorge de ce dernier venait juste de se faire sèche. Ils énonçaient les mêmes mots au même moment. Riaient. Beaucoup, longtemps. Se souriaient. Toujours, partout.

Lorsqu'ils faisaient l'amour, quelques heures après il lui suffisait de repenser à Sylvain pour que le plaisir reprenne dans son ventre, elle ressentait encore les orgasmes et se demandait si les gens alentour pouvaient s'en rendre compte. Mais c'était trop bon, elle n'y résistait pas.

Le chirurgien qui opéra Élise lui demanda qui était Sylvain. C'est mon mari, pourquoi. Il lui apprit alors que durant la petite heure de l'intervention elle n'avait cessé de crier, de murmurer, de susurrer ce prénom. Élise rougit espérant ne pas s'être montrée trop intimement loquace.

Lorsque leurs amis furent certains de leur séparation, certains pleurèrent et leur en voulurent d'avoir brisé leur rêve de la notion d'amour.

Malgré les suppliques de Sylvain, Élise ne revint point.

Il la supplia à genoux, lui promit tout et toujours.

Elle en mourait à petit feu mais ne céderait pas. Elle ne voulait plus de lui dans sa vie et elle tint parole.

Encore plus de souvenirs bien que le drap semblât se déchaîner. Elle crut qu'elle rêvait mais prit peur car alliée à la fureur du drap, elle entendit une voix. Une voix masculine. Ferme, rigide, péremptoire.

On lui gueulait dessus. La compréhension pénétra peu à peu son cerveau dans une confusion totale.

Cela donnait, comment osait-elle traiter les hommes ainsi, comment pouvait-elle les faire souffrir à ce point, elle était née pour cela mais ce n'était pas une raison, comment n'avait-elle pas conscience de ce pouvoir destructeur, pourquoi en abusait-elle autant, pourquoi cet égoïsme sans fin, pourquoi cette recherche du plaisir constamment. Totalement abrutie par ces reproches sans fin et débités de façon si désagréable, elle osa une question, mais qui êtes-vous, enfin, tentant ainsi de stopper ces salissures.

Une phrase restait gravée cependant, elle était née pour cela.

Et elle eut une réponse.

Son amie, l'envieuse de sa taille de guêpe et de ses longues jambes fuselées lui fit remarquer Frank.

Il n'arrête pas de te regarder. À son avis, il en pinçait pour elle. Et quoi de plus salvateur que de remplacer une histoire d'amour agonisante par une autre histoire d'amour naissante. Les médecins étaient catégoriques si elle continuait ainsi, l'issue du choc cataleptique, sans hospitalisation, pouvait s'avérer fatale. L'appétit n'était toujours pas revenu. Le sommeil non plus.

Instinct de survie. Frank.

Frank. Curieux personnage. À l'antipode de Sylvain. Taille moyenne, cheveux longs bruns légèrement ondulés, yeux mordorés. Virilité très appuyée.

Petit anneau d'or à l'oreille. Musculature se devinant sous les vêtements. Élise ne l'avait jamais remarqué.

Depuis Sylvain, elle regardait les hommes sans les voir en tant que tels. Tout près de minuit. Elle appela Frank pour lui dire qu'elle voulait aller voir la mer. Où? En Bretagne, son endroit préféré. Là tout de suite? Oui. Il lui confia qu'il était en espadrilles et qu'il devait promener le chien.

Je veux aller voir la mer. J'arrive avec le chien, fut ce qu'elle entendit avant qu'il ne raccroche.

Peu de temps après ils roulaient tous les trois dans une vieille 4L vert celadon vers la pointe découpée de la carte. Elle fut flot de paroles. Il conduisait sans mot dire et écoutait. Le chien, berger allemand métissé de berger belge, il avait donc les oreilles pendantes, avait un air sympa et répondait au nom de Câlin. Frank était un très tendre. Son apparence exagèrement mâle le trahissait, ainsi que le nom de son chien.

Et c'est avec Frank tard le matin, au petit déjeuner de l'hôtel de la côte bretonne, après un reste de nuit d'amour trop court, qu'elle avala un croissant, une tranche de jambon, un œuf et un verre de jus d'orange en trois heures de temps. Le chien était sous la table et Frank avait dit, hors de question d'aller voir la mer avant que tout ce qui se trouvait devant elle ne disparut dans son estomac. Elle eut beau le supplier, lui dire qu'elle en était incapable. Il tint bon. Il avait posé ses coudes sur la table et gardait les mains autour de son visage, son regard était fixé sur elle. Prise au piège, sûre que Frank ne dérogerait pas, elle porta à sa bouche un tout petit bout de croissant. Il lui dit "encore," parodiant ainsi ce qu'elle lui avait dit au petit matin lorsqu'il lui faisait l'amour.

Elle se sentait étrange. La nourriture se faisant très présente à chaque déglutition. Étrange mais protégée, encouragée, prise en charge par le regard doux de Frank. Alors l'idée, l'acte de manger se reconstruisirent.

Elle était enfin vivante. Elle avait fait l'amour et mangé.

Nourritures élémentaires, arbres d'existence.

Elle était sauvée.

Frank l'avait sauvée et Ève reprit sa route auprès des hommes. Frank serait son troisième mari.

Trois petites lettres e, v, e. Trois petites lettres dont elle comprit l'origine cette nuit-là.

Chez Tricia, dans cette chambre irréelle, elle eut une révélation. Fruit de son imaginaire dérangé par les jours sans nutrition et les nuits sans sommeil. Fruit de son inconscient bousculé à l'extrême et aux portes de la mort. Peu importait. Elle devait vivre désormais avec cette connaissance, même si elle l'enfouissait sous des tas de rationnels et de conjoncturels. Elle était une Ève.

Mais elle voulut une preuve et s'enquit auprès de la voix. Donne-moi du tangible, une vérité sur laquelle je puisse m'appuyer. Et c'est alors qu'elle entendit que le prénom Ève était un pictogramme pour décrire l'essence même de la féminité. Le premier "e" pour l'ovaire, le "v" pour le vagin et le second "e" pour le second ovaire. Puis le drap se reposa sur son corps et calmée par la réponse, Élise éprouva un vif soulagement voyant qu'enfin tout cela s'achevait.

Se pensant victime d'un esprit trop malmené, elle trouva quelques bribes de sommeil et oublia tout de la nuit.

L'inconscient avait tout de même encaissé les reproches. Se punissait-elle elle-même en choisissant dès lors des amours impossibles, car elle ferait trop souffrir les hommes...

Bien des années après Élise/Ève chercha partout la véracité de ce que la voix lui avait confié à propos du prénom Ève et même auprès de théologiens, elle ne trouva jamais cette explication à la création du prénom mythique.

Élise pensa que son esprit déformé de linguiste avéré

s'était fourvoyé dans cette sombre origine.

Et que la nuit du drap, des bougies et des icônes n'était qu'une histoire pour s'endormir.